목욕탕 도감

목 욕 탕

도감
銭湯図解

목욕탕 지배인이 된 건축가가
그린 매일매일 가고 싶은
일본의 주요 대중목욕탕 24곳

엔야 호나미 글·그림

수오서재

들어가며

안녕하세요! 대중목욕탕 고스기유小杉湯의 카운터를 지키며 일러스트레이터를 겸하고 있는 엔야 호나미입니다. 《목욕탕 도감》을 구입해주셔서 정말 고맙습니다. 이 책은 2016년 11월부터 SNS에 올렸던 일러스트 '센토도해錢湯図解'를 엮은 것이에요. 높은 곳에서 특정한 각도로 건물 안을 내려다보는 아이소메트릭 기법으로 대중목욕탕을 그렸습니다.

목욕탕을 그리게 된 계기는 번아웃이었어요. 당시 건축사사무소를 다니고 있었는데 엄청난 업무량에 몸과 마음이 모두 탈진되었거든요. 결국 휴직하게 되었고 친구와 의사의 권유로 목욕탕을 다니기 시작했습니다. 목욕탕이라는 공간과 그곳에서 만난 많은 사람과의 교류를 통해 점점 마음의 안정을 되찾았어요. 여러분에게 추천하는 목욕법, 냉온욕(칼럼2 참조)의 효과도 더해져 목욕탕에 갈 때마다 점차 기력을 회복했습니다. 이후 목욕탕은 저의 가장 중요한 일과가 되었고 삶의 목표라고 생각할 정도로 빠져들었습니다. 목욕탕을 그리기 시작한 건 이렇게 좋은 목욕탕을 한 번도 간 적이 없는 친구들에게 그 매력을 전하기 위해서였어요.

　그 뒤 2년이 흘렀습니다. 저는 건축사사무소 일을 그만두고 고스기유로 이직을 했어요. 긴 역사를 자랑하는 유명한 목욕탕을 취재해서 연재하기도 하고, 여러 미디어에도 출연했습니다. 이 책을 모티브로 드라마*가 만들어지기도 했어요. 놀라울 정도로 많은 것이 변했지만 '목욕탕의 매력을 전하고 싶다'는 마음은 조금도 변하지 않았습니다.

　그 마음을 바탕으로 이 책에 초심자부터 마스터까지 누구나 즐길 수 있는 스물네 곳의 목욕탕을 소개했습니다. 평소 즐겨 가는 단골 목욕탕은 물론이고 꼭 한번 가보고 싶었던 곳들을 추려보았어요. 여러분이 이 책을 통해 목욕탕의 새로운 매력을 발견하고 이 공간을 좋아하게 되길 바랍니다. 목욕탕을 찾는 사람이 조금이라도 늘어나 사라져가는 목욕탕 문화가 계속될 수 있다면 무엇보다도 기쁠 거예요. 따뜻한 탕에 들어가 천천히 시간을 보내는 목욕탕의 여유로운 기분을 떠올리며, 이 책을 즐기시길 바랍니다.

---

*　〈목욕 후 스케치湯あがりスケッチ〉. 2022년 2월 8부작으로 방영되었다. 《목욕탕 도감》이 원작이다.

차례

제2장 상급자 코스
목욕탕을 즐기다

제3장 마스터 코스
궁극의 목욕탕

제4장 인간미 코스
목욕탕 사람들

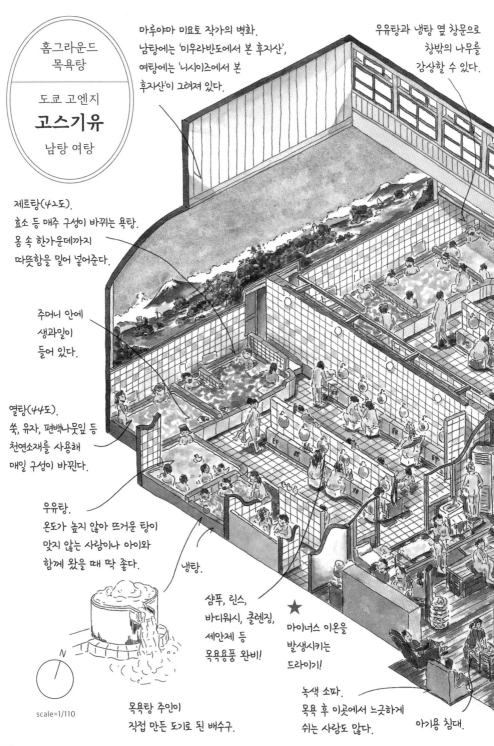

홈그라운드
목욕탕
────
도쿄 고엔지
고스기유
남탕 여탕

마루야마 미요토 작가의 벽화.
남탕에는 '미우라반도에서 본 후지산',
여탕에는 '니시이즈에서 본
후지산'이 그려져 있다.

우유탕과 냉탕 옆 창문으로
창밖의 나무를
감상할 수 있다.

제트탕(42도).
효소 등 매주 구성이 바뀌는 욕탕.
몸 속 한가운데까지
따뜻함을 밀어 넣어준다.

주머니 안에
생과일이
들어 있다.

열탕(44도).
쑥, 유자, 편백나뭇잎 등
천연소재를 사용해
매일 구성이 바뀐다.

우유탕.
온도가 높지 않아 뜨거운 탕이
맞지 않는 사람이나 아이와
함께 왔을 때 딱 좋다.

냉탕.

샴푸, 린스,
바디워시, 클렌징,
세안제 등
목욕용품 완비!

★
마이너스 이온을
발생시키는
드라이기!

녹색 소파.
목욕 후 이곳에서 느긋하게
쉬는 사람도 많다.

아기용 침대.

목욕탕 주인이
직접 만든 도기로 된 배수구.

scale=1/110

N

우유탕(41도).
우유 빛깔과 달콤한 향기가 반겨주는 편안한 욕탕.
마치 마시멜로 속에 들어간 것 같다.
바셀린, 밀랍, 미네랄 오일의 효과도 즐겨보자.

제 직장인 고스기유에 오신 것을 환영합니다.
무료수건과 목욕용품이 잘 갖춰져 있어서
초심자에게 추천해요.

냉탕(16~19도).
물이 샘솟아 넘치면서 교환되는
구조. 온도가 적절해 냉온욕
팬들에게 인기만점!

이것도 저예요.
목욕 후 한껏
느긋해진 모습.

남성용 탈의실.
바닥이 편백 나무로 되어 있어
매끄러워 발바닥에 닿는 감촉이 좋다.

갤러리/대합실.
누구든 이용할 수 있는 갤러리.
무료전시가 진행 중이다.
자유롭게 읽을 수 있는 만화책도 있어서
목욕 후 느긋한 시간을 즐길 수 있다.

만화책장. 일러스트로 된 소개글.

매달 전시가 바뀐다.
2년 뒤까지 일정이
꽉 차 있다.

그림책 코너.
목욕을 마친
아이에게 읽어주자.

카운터에서 무료로 작은 수건도
대여한다. 40엔에 오가닉 목욕수건도
대여 가능!

카운터 앞의 식수대.
목욕 후 물 한 잔 마시기 딱 좋은 장소.

기모노를 활용한
천 가림막의 잉어 그림에서
멋과 풍취를 느낄 수 있다.

여성용 탈의실.

011

홈그라운드 목욕탕

첫 목욕탕 도감의 무대는 내 직장인 고스기유다. 고스기유는 JR고엔지역高円寺駅 북쪽 출구에서 도보로 5분, 빨간 아치가 이목을 끄는 오래된 상점가를 쭉 걸어 올라가면 나타나는 좁은 골목길을 마주보고 있다. 1933년 창업, 2003년에 욕실과 대합실을 리뉴얼했지만 건물 자체는 90년의 오랜 역사를 지녔다.

고스기유에는 우유탕, 제트탕, 열탕, 세 개의 욕조가 있다. 제트탕은 매주, 열탕은 매일 물의 종류가 바뀌며, 우유탕은 매일 제공된다. 맥주탕이나 영귤탕과 같은 신선한 소재의 욕탕을 기획하며 입구에선 관련 상품을 판매하기도 한다. 정기휴일이나 영업시간 전에 댄스이벤트, 라이브공연, 토크이벤트를 개최하는 등 다양한 시도를 이어가고 있다.

냉온욕으로도 유명하다. 열탕과 냉탕의 온도 차가 실로 절묘해 냉온욕에 안성맞춤인 목욕탕으로 온라인에서 화제가 되었다. 이 때문에 방문하는 사람도 많다. 얼굴을 닦을 수 있는 작은 수건을 무료로 제공하며 샤워 공간에 샴푸, 린스, 클렌징 등의 용품도 준비되어 있다. 빈손으로 방문하기 쉽기 때문에 목욕탕에 가본 적이 별로 없는 초심자에게 꼭 추천하고 싶은 목욕탕이다.

대중목욕탕 가격

지역에 따라 가격이 다름. 도쿄는 이 가격!

대인 500엔

12세 이상

취학 아동 200엔

6세 이상~12세 미만

미취학 아동 100엔

6세 미만

샴푸, 린스, 바디워시 등

여행용으로 충분!
즐겨 사용하는 제품이 있다면
용기만 따로 사서 채워놓는 걸 추천.

클렌징, 세안

일회용 샘플을 잔뜩 넣어둔다.

준비물

수건

작은 수건이 있으면 안심!
목욕가방 한쪽에 넣어두자.

목욕가방은 방수가방이나
메시가방이 적당하다.

스킨, 로션 등

'무인양품'의
휴대용 용기를 추천!

속옷, 양말

목욕 후 새 속옷과 양말로
산뜻한 기분을 즐기자.

대중목욕탕 이용법

"목욕탕은 처음인데, 어떻게 해야 해요?" 대중목욕탕에 생전 가본 적 없는 사람들에게 이런 질문을 자주 듣습니다. 처음이라 이것저것 걱정이 된다고요. 처음 목욕탕에 가는 사람도 마음 편히 이용할 수 있도록 현역 목욕탕 지배인인 제가 늘 실천하는 '대중목욕탕 이용법'을 알려드릴게요. 아래를 참고해서 최고의 목욕탕 경험을 즐겨보세요!

1 수건과 목욕용품을 챙겨 욕실로~.

2 목욕용 바가지와 의자를 들고 비어 있는 자리에 앉는다.

수건은 샤워기 거치대 위에 걸쳐두면 딱 맞음.

목욕탕에 따라서는 자리에 바가지와 의자가 놓여 있는 곳도 있다.

3 욕탕에 들어가기 전에 몸을 씻자.

등을 씻을 때는 바가지에 온수를 받은 뒤 천천히 등 위에 부어주면 좋다.

4 뜨거운 물을 옆 사람에게 끼얹지 않게 조심.

5 사용한 바가지와 의자는 제자리에.

자리에 그냥 두면 누가 쓰는 자리라고 생각해 다른 사람이 사용하지 못함.

6 사용한 수건은 반납.

반납하는 곳은 대개 욕탕 입구나 세면대 옆이다.

7 발에 온수를 끼얹은 다음
욕탕으로.

탕 온도에 몸을
적응시키는 목적.

발에 붙은
머리카락도
씻어낼 수 있다.

8 다음에 들어오는 사람을
위해 가장자리를 비워둔다.

탕에 들어가지 못하거나,
나가지 못하는 참사가….

9 즐겁더라도 너무 큰 소리로
이야기하지 않기.

조용히 목욕을 즐기는 사람을 위해
목소리는 크지 않게.

※ 물론 대화는 얼마든지 좋음!

10 사우나에서는 수건을
깔고 앉는다.

다음 사람을 위해 자기가 흘린 땀은
자기가 가져간다.

11 사우나 뒤에는 땀을
씻어낸 뒤 냉탕으로.

땀을 흘린 채로 냉탕에
들어가는 건 안 됨!

12 나갈 땐 욕실 입구를 가볍게
씻어내 마지막으로
발을 깨끗하게.

13 물기를 잘 닦아낸 뒤
탈의실로.

양말을 신고 나서
젖은 바닥을 밟으면
엄청 슬퍼짐.

14 머리카락을 말린 뒤에는
주변 청소하기.

다음 사람을 위해 수건이나 티슈로
주변을 간단히 정리하자.

《목욕탕 도감》 보는 법

- 목욕탕 도감은 아이소메트릭Isometric이라고 하는 건축도법을 사용해 대중목욕탕 건물 내부를 부감하듯 그려낸 것입니다. 실제로 목욕탕을 취재해 욕조의 넓이, 높이 및 몸 씻는 곳의 각도까지 측량해 도면을 그렸습니다.

- 아이소메트릭이란? 대상물을 입체적으로 표현하는 기법으로 건축을 그릴 때 길이, 폭, 높이, 세 방향의 축이 각각 같은 120도를 이루며, 위에서 아래를 내려다보는 구도로 그림을 그리는 투시도법.

- 욕탕이나 사우나의 종류에 주목해도 좋고, 일본 대중목욕탕의 건축이나 내부 장식을 보고 즐겨도 좋습니다. 또는 각자 자신만의 방법으로 목욕탕을 즐기는 사람들을 살펴보는 것도 즐거울 거예요. 어떤 페이지를 펼치든 당신만의 즐거움을 찾아내길!

- 네 번째 목욕탕 하기노유, 여섯 번째 목욕탕 다이코쿠유(오시아게), 열한 번째 목욕탕 유돈부리 사카에유, 열두 번째 목욕탕 요시노유의 도감은 2017년 7월~2018년 2월 사이에 그린 것입니다. 그 외의 목욕탕은 2018년 7월~11월에 취재한 내용을 토대로 했습니다.

- 이 책에 게재된 정보와 일러스트는 취재 당시를 기준으로 합니다. 벽화 그림이 새로 그려지거나 설비가 변경된 경우도 있습니다. 최신 정보는 각 목욕탕에서 확인해주세요.

제1장

목욕탕 첫걸음

초심자 코스

첫 목욕탕은 우선 여기부터!
초심자도 안심하고 즐길 수 있는 곳,
목욕탕의 즐거움에 푹 빠질 수 있는 7곳 엄선!

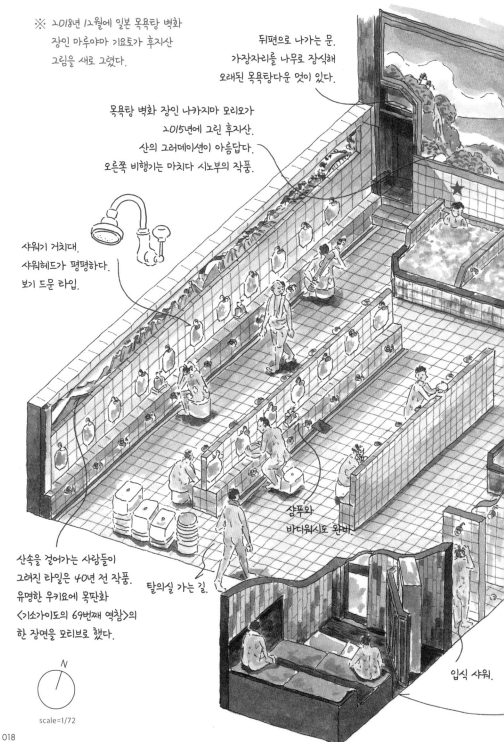

※ 2018년 12월에 일본 목욕탕 벽화
장인 마루야마 기요토가 후지산
그림을 새로 그렸다.

뒤편으로 나가는 문.
가장자리를 나무로 장식해
오래된 목욕탕다운 멋이 있다.

목욕탕 벽화 장인 나카지마 모리오가
2015년에 그린 후지산.
산의 그러데이션이 아름답다.
오른쪽 비행기는 마치다 시노부의 작품.

샤워기 거치대.
샤워헤드가 평평하다.
보기 드문 타입.

산속을 걸어가는 사람들이
그려진 타일은 40년 전 작품.
유명한 우키요에 목판화
〈기소가이도의 69번째 역참〉의
한 장면을 모티브로 했다.

탈의실 가는 길.

샴푸와
바디워시도 완비.

입식 샤워.

N

scale=1/72

018

★ 앉아서 즐기는 제트탕.
욕조가 꽤 깊다.

벽화 가장자리는 산뜻한 블루.
'목욕탕'이라는 말을 들으면
이 파란색이 떠오른다.

열탕(약 42도).
조금 얕고 널찍한 욕탕.
누워서 즐길 수 있는
제트탕이 있다.

누워서 즐기는 제트탕.

쌓여 있는 돌들 사이로 온수가 샘솟는다.
이 장치로 온수를 여과한다.

돌 위로 온수가
흘러내린다.

노천탕(약 42도).
돌로 만든 욕조.
정원엔 석등이
멋지게 들어서 있고,
벽을 둘러싸고 심은
나무는 하늘을 향해
뻗어 있다. 따뜻한
노천탕에 앉아서 바라보는
아름다운 정원 풍경이
이곳의 묘미.

목욕탕 본연의
모습을 간직한 곳

도쿄 기타센주
다이코쿠유
남탕

냉탕(16~19도).
사우나에서 나온 몸을
시원하게 깨워주는 적절한 온도.

석등.

사우나(여탕 87도/남탕 90도 이상).
습도와 온도가 적절해 땀을 듬뿍 흘릴 수 있다.
여탕 사우나가 조금 더 넓다.

목욕탕 현관지붕이 일본 전통 건축물
특유의 곡선 모양이다. 멋진 벽화, 넓
은 욕실, 일본풍 정원을 갖춘 노천탕.
목욕탕 본연의 모습이 여기에 있다.

목욕탕 본연의 모습을 간직한 곳

도쿄 아다치구에 위치한 기타센주. 이 지역은 활기 넘치는 거리도 매력적이지만 옛 모습을 간직한 목욕탕을 여기저기서 발견할 수 있기에 목욕탕 마니아들에겐 '목욕탕의 성지'라고 불린다. 바로 이 기타센주에 '목욕탕의 제왕'이라고 불리는 다이코쿠유가 있다. 고로케집, 야채가게, 오뎅집 등 정겨운 가게들이 줄지어 들어선 상점가를 걸어가다 보면 위엄 있는 외관의 건물이 등장한다. 느긋한 곡선을 그리는 일본 전통 건축양식의 현관지붕 뒤로 두 개의 삼각형 지붕이 이어진다. 가끔 신사나 절처럼 보이는 목욕탕을 마주치지만 이렇게까지 훌륭한 건물은 드물다.

1929년에 세워질 당시 '현대유現代湯'라는 이름이었으나 현재 이곳을 경영하고 있는 시미즈의 시아버지가 1955년에 매입해 다이코쿠유라는 이름을 새로 붙였다. 그 뒤 몇 번이고 개장을 반복해 22년 전 지금의 모습이 됐다. 건물 외관은 창업 이후 그대로다. 군청색 천 가림막(노렌暖簾; 처마 끝에 붙여 햇빛을 막는 장식이자, 그 가게의 상징)을 지나 안으로 들어가면 대합실이 눈에 들어온다. 프런트 형식의 카운터 안쪽으로 일본식 거실과 작은 연못이 있다. 여탕 탈의실은 우선 그 규모에 놀라게 된다. 일반 목욕탕의 두세 배이며 천장도 높다. 격자로 이어진 나무가 지탱하는 천장에는 오랜 세월 조금씩 색이 열어진 꽃, 새, 바람, 달 그림이 자리하고 있다. 중앙에 놓인 벤치에서는 아주머니들이 발가벗은 채로 세상 돌아가는 이야기에 열중하고

있다. 이 평범한 풍경에서 '대중목욕탕다움'이 묻어져 나온다.

　욕실에 들어가면 우선 호수가 그려진 벽화가 가장 먼저 눈에 들어온다(남탕은 후지산). 널찍한 욕실 앞쪽에는 간단한 구조의 수도들이 줄을 지어 들어서 있고 안쪽에는 얕은 욕조와 깊은 욕조, 그 앞에 냉탕이 있다. 목욕탕이라는 말을 들으면 자연스레 떠올릴 만한 일반적인 구조지만 실제 모습은 '목욕탕의 제왕'이라고 불릴 만한 품격으로 가득 차 있다.

　가장 넓은 욕조에 들어가 본다. 나도 모르게 "와!"하고 탄성이 나온다. 어깨의 긴장감이 천천히 녹아 없어지는 것을 느끼며 느긋한 기분으로 욕실 곳곳을 둘러본다. 높은 천장으로 들어오는 따스한 빛, 색이 바랜 욕조와 샤워 공간의 타일들, 옆자리 이웃과 대화를 나누며 몸을 씻는 아주머니. 따스한 수증기 너머의 욕실 풍경이 마치 영화 속 한 장면처럼 아름다워서 "역시 목욕탕이 최고야"라고 작게 읊조리게 된다.

　목욕이 끝난 뒤에는 대합실에 앉아 우유를 마시며 열기를 식힌다. 연못이 보이는 창문으로 들어온 시원한 바람과 은은한 나무향이 좋다. 이런 순간도 목욕탕에서 즐길 수 있는 소중한 시간이다. 조금만 더 이 분위기 속에 빠져 있고 싶다고 생각하며 마지막 한 모금의 우유를 마신다. 🦆

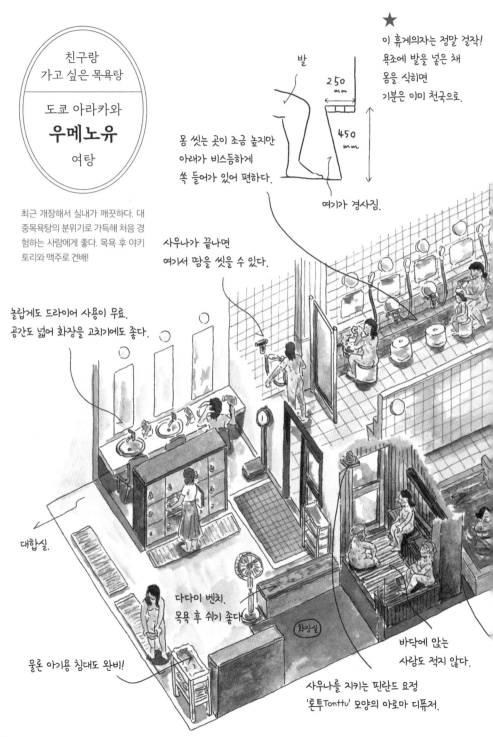

친구랑
가고 싶은 목욕탕

도쿄 아라카와
우메노유
여탕

최근 개장해서 실내가 깨끗하다. 대
중목욕탕의 분위기로 가득해 처음 경
험하는 사람에게 좋다. 목욕 후 야키
토리와 맥주로 건배!

발

250
mm

450
mm

★
이 휴게의자는 정말 걸작!
욕조에 발을 넣은 채
몸을 식히면
기분은 이미 천국으로.

몸 씻는 곳이 조금 높지만
아래가 비스듬하게
쏙 들어가 있어 편하다.

여기가 경사짐.

사우나가 끝나면
여기서 땀을 씻을 수 있다.

놀랍게도 드라이어 사용이 무료.
공간도 넓어 화장을 고치기에도 좋다.

대합실.

다다미 벤치.
목욕 후 쉬기 좋다.

화장실

물론 아기용 침대도 완비!

바닥에 앉는
사람도 적지 않다.

사우나를 지키는 핀란드 요정
'톤투Tonttu' 모양의 아로마 디퓨저.

노천탕(42도).
원형인데다 깊이도 얕아 어린이도
편하게 들어갈 수 있다.

천창에 창문이 있다.
햇살이 잔뜩 들어와
행복만점!

작은 화분들.

누워서 즐기는 욕탕.

누워서 즐기는 노천탕(42도).
천장에 난 창문으로
하늘을 올려다본다.

약탕(43도).
소금탕, 한방탕 등 매일 약탕
재료가 바뀐다. 목욕탕 달력에서
약탕 일정표를 확인할 수 있다.
이날은 쑥탕.

제트탕(42도).
우선 여기서 어깨
근육을 이완시키자.

욕탕 안 계단에 앉아
대화를 즐기는 것도
느긋한 목욕의 중요 요소.

고농도수소탕(39.5도).
수소 거품과 수소가 녹아든 욕탕.
혈당 억제와 노화 방지에 효과가 있다.
물속이 조금 흐릿하게 보이는 건 공기와 수소의 거품 때문.

냉탕(20도 전후).
지하수 냉탕.
초심자의 첫 냉탕 체험에 딱 알맞은 온도.

사우나(80도).
무료. 등받이 안쪽에 증기 파이프가 있어
습도의 감촉을 즐길 수 있다.

N

scale=1/75

친구랑 가고 싶은 목욕탕

"목욕탕에 가보고 싶어." 생전 목욕탕에 가본 적 없는 친구가 갑자기 말을 꺼냈다. 그 자리에서 바로 우메노유를 추천했다. 2016년에 리뉴얼되어 목욕용품도 잘 구비되어 있을 뿐더러 아이부터 어른까지 다양한 세대가 찾는 곳으로 목욕탕의 분위기를 제대로 느낄 수 있다. 과연 목욕탕 초보에게 추천할 만하다.

오다이역小台駅에서 내려 정겨운 동네 상점가를 걷다 보면 이 동네 상징인 매실('우메'는 매실이란 뜻)이 그려진 귀여운 천 가림막이 손님을 반긴다. 2층 로비 카운터에는 샴푸, 수건, 로션 같은 목욕에 꼭 필요한 용품이 전부 구비되어 있어 빈손으로 와도 문제없다. 100엔 정도에 살 수 있는 여러 종류의 샴푸와 바디워시가 있어 고르는 재미도 쏠쏠하다. 뿐만 아니라 티셔츠나 CD와 같은 목욕탕 PB상품도 함께 판매하고 있다.

욕실로 직행. 새하얀 타일의 욕실이 청결하고 밝은 인상을 준다. 친구는 "이게 목욕탕이야?" 하고 놀란 표정이다. 사우나, 수소탕, 약탕, 노천탕과 같은 여러 가지 욕탕과 다양한 세대의 사람들이 즐거운 시간을 보내고 있는 모습을 보고 친구

가 눈을 반짝였다. 노천탕에 나란히 앉았다. 천장의 창문을 느긋하게 바라보고 있으니 맴맴 매미 우는 소리가 들려온다. 밖에서 불어온 바람이 땀 맺힌 이마를 부드럽게 쓰다듬고 지나간다. "어디 먼 곳으로 여행 온 것 같아." 집에 있는 욕실에서는 절대 느낄 수 없는 여행 기분을 만끽하는 것도 목욕탕의 큰 즐거움이다.

수소탕에서 수다를 떨기도 하고 각종 약탕에 놀라기도 하고 사우나에서 땀을 흠뻑 흘리기도 하면서 여유롭게 목욕을 즐겼다. 이제 1층의 꼬치구이 집으로 향한다. 우메노유의 주인이 함께 운영하는 곳이다. 야키토리(닭꼬치)가 익어가는 것을 지켜보면서 우선 생맥주를 한 잔 들이킨다. 목욕이 끝난 뒤의 한 잔은 역시 각별하다. 육즙이 많고 진한 소스가 일품인 꼬치는 목욕으로 허기진 배를 채우기에 딱 좋다. 여기서도 수다 꽃이 핀다.

집으로 향하는 길, 가뿐하고 상쾌한 바람이 기분 좋다. 친구는 이번 목욕탕 방문이 즐거웠나 보다. 다음에 추천하는 곳은 어디냐고 묻는다. 첫 목욕탕 경험은 대성공! 친구와 다음에 갈 목욕탕 이야기를 도란도란 나누며 우메노유를 뒤로했다.

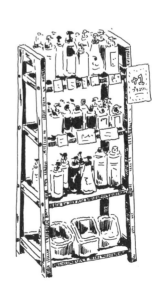

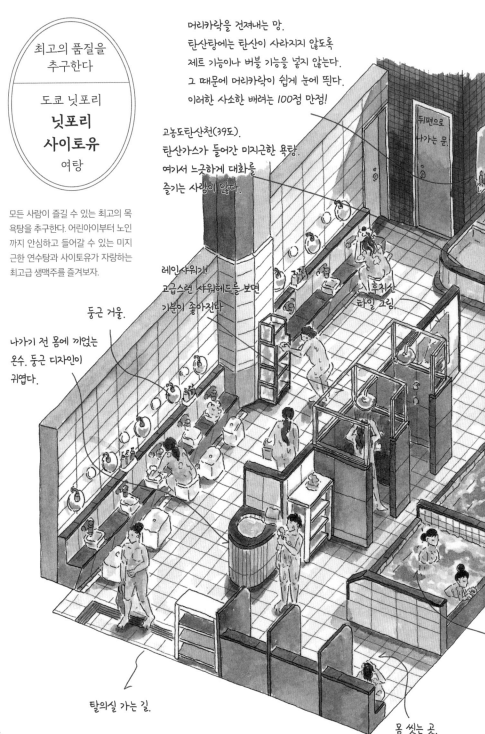

최고의 품질을
추구한다

도쿄 닛포리
**닛포리
사이토유**
여탕

모든 사람이 즐길 수 있는 최고의 목
욕탕을 추구한다. 어린아이부터 노인
까지 안심하고 들어갈 수 있는 미지
근한 연수탕과 사이토유가 자랑하는
최고급 생맥주를 즐겨보자.

머리카락을 건져내는 망.
탄산탕에는 탄산이 사라지지 않도록
제트 기능이나 버블 기능을 넣지 않는다.
그 때문에 머리카락이 쉽게 눈에 띈다.
이러한 사소한 배려는 100점 만점!

뒤편으로
나가는 문.

고농도탄산천(39도).
탄산가스가 들어간 미지근한 욕탕.
여기서 느긋하게 대화를
즐기는 사람이 많다.

레인샤워기!
고급스런 샤워헤드를 보면
기분이 좋아진다.

잔 ♡ 탑.

지후차산
타일 그림.

둥근 거울.

나가기 전 몸에 끼얹는
온수. 둥근 디자인이
귀엽다.

탈의실 가는 길.

몸 씻는 곳.

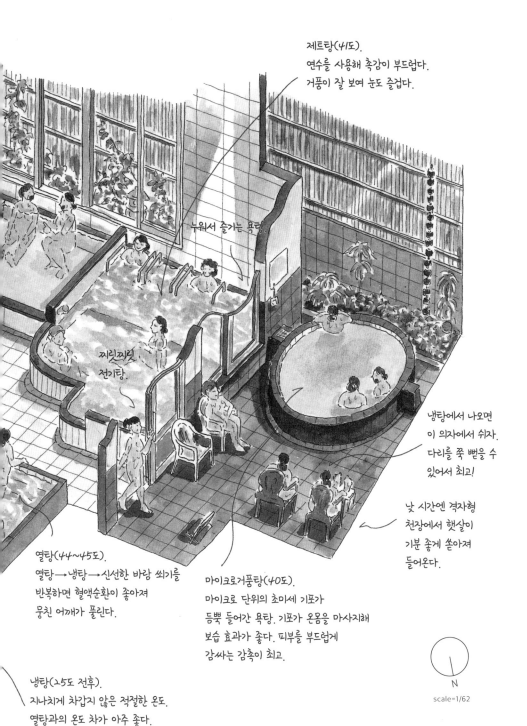

제트탕(41도).
연수를 사용해 촉감이 부드럽다.
거품이 잘 보여 눈도 즐겁다.

누워서 즐기는 욕탕

찌릿찌릿
전기탕.

냉탕에서 나오면
이 의자에서 쉬자.
다리를 쭉 뻗을 수
있어서 최고!

낮 시간엔 격자형
천장에서 햇살이
기분 좋게 쏟아져
들어온다.

열탕(44~45도).
열탕→냉탕→신선한 바람 쐬기를
반복하면 혈액순환이 좋아져
뭉친 어깨가 풀린다.

마이크로거품탕(40도).
마이크로 단위의 초미세 기포가
듬뿍 들어간 욕탕. 기포가 온몸을 마사지해
보습 효과가 좋다. 피부를 부드럽게
감싸는 감촉이 최고.

냉탕(25도 전후).
지나치게 차갑지 않은 적절한 온도.
열탕과의 온도 차가 아주 좋다.

N

scale=1/62

최고의 품질을 추구한다

JR닛포리역日暮里駅에서 내려 분주한 찻길을 지나면 저층 빌딩이 이어진 거리가 나온다. 그 길을 따라 걸어가면 맞배지붕 기와가 올라간 빌딩이 눈에 띈다. 사이토유다. 새로 지은 외관이 제법 맵시 있다. 입구에는 파도 형태의 목재 간판에 '사이토유齋藤湯' 글자가 멋지게 적혀 있다. 안으로 들어가면 목욕용품과 팸플릿, 크고 작은 맥주잔이 들어선 카운터가 눈에 들어온다.

　손님들을 맞이해준 것은 삼대째 이곳을 경영하고 있는 목욕탕 주인 사이토. 원래 다이쇼유大正湯라는 이름이었던 이곳을 1948년에 조부가 매입해 본인의 이름을 따서 사이토유로 바꿨다고 한다. 이후 사이토 가문이 대대로 경영을 이어오고 있다. 2015년에 노후된 건물을 개축했는데 당시 목욕탕의 근본이라 할 수 있는 '따뜻한 물로 몸을 덥히는 것'을 0세부터 90세까지 온 가족이 즐기길 바라는 마음을 담아 물 온도를 미지근하게 설정하고 연수를 도입하는 등 많은 정성을 쏟았다. 그런 가운데 맥주를 마실 수 있는 카운터를 설치한 이유는 "어른의 가장 큰 즐거움은 역시 목욕 후 마시는 맥주"이기 때문. 심지어 최고의 맥주를 마실 수 있도록 아사히 맥주에서 맥주 마이스터 공인을 받기도 했다. 맥주 서버 관리, 청소, 온도 설정 등

세심하게 신경을 쓴 덕에 비범한 맛의 맥주를 즐길 수 있다.

인터뷰를 마치고 욕실로 향했다. 설명 들은 대로 미지근한 온도의 욕탕이 있고 연수 특유의 감촉이 기분 좋게 몸을 감쌌다. 뜨거운 탕도 있는데 냉탕과의 조합이 발군이어서 냉온욕을 반복하다 보니 몸이 풀려져 연체동물이 된 기분이 들었다. 노천탕 의자에 앉아 발을 쭉 뻗으면 역시나 천국에 온 기분. 마이크로거품탕은 미세한 거품이 부드럽게 몸을 감싸 몸도 마음도 편안해진다.

온몸에 청량한 수맥이 흐르는 기분을 만끽하며 카운터로 향했다. 맥주 서버에서 시원하게 따라진 맥주를 마신다. 꽁꽁 언 맥주잔을 손에 들고 우선 한 모금. 뜨끈한 몸 안으로 톡톡 튀는 맥주 거품이 흘러 들어온다. 묵직한 거품과 믿기 어려울 정도의 상쾌함! 어느새 잔이 비어 버렸다. 이럴 줄 알았으면 더 큰 잔을 주문할걸! 사이토유는 욕실부터 맥주까지 최고 품질을 추구한다. 여성 한정 이벤트가 있는 스페셜 레이디스데이 행사를 개최하는 등 최고를 향한 사이토유의 고집은 지금도 현재진행형이다. 실로 우직하고 성실한 목욕탕이다.

도쿄 우구이스다니
**히다마리노
이즈미 하기노유**
여탕

다양한 욕탕이 한 곳에! 노천탕부터 탄
산탕까지 여러 종류의 탕이 있어서 마
치 목욕탕 테마파크 같다. 여러 욕탕을
즐기고 싶은 사람에게 최적의 장소

온탕(39도).
제트탕, 누워서 즐기는 욕탕, 전기탕 등을
총 집결한 대형 욕탕! 친구나 가족들과
함께 들어가 즐겁게 대화를 나누기에
좋은 크기다.

이 욕조의 벽에는 고토부키유, 야쿠시유,
하기노유에서만 볼 수 있는
연재만화가 게시물로 장식되어 있다.

연수탕(44도).
매일 메뉴가 바뀌는 약탕으로 여탕에만
있다. 처음 들어갈 때 몸이 찌릿할 정도의
열기가 중독성 있다.

전기탕.

누워서 즐기는
욕탕.

중간 바닥에 앉는
사람도 있음.

휴게용 벤치.
타일로 되어 있어 온도가 낮아
사우나 후에 앉으면 시원하고
좋다. 등받이에 기대 시간을
보내는 것을 추천.

스토브.

몸에 끼얹는 온수.

사우나(88도).
목욕탕 사우나 가운데
최고급 설비!
2017년에 개장해 아직
새 나무 냄새가 난다.

소금사우나(65도).
소금마사지는 붓기를 빼는 데
효과가 있으며 피부도 매끈해진다.

냉탕(여탕 19도/남탕 17도).
편안하게 발을 뻗을 수 있는 넓이. 거품 강도도
적당해 즐겁게 시간을 보낼 수 있다.

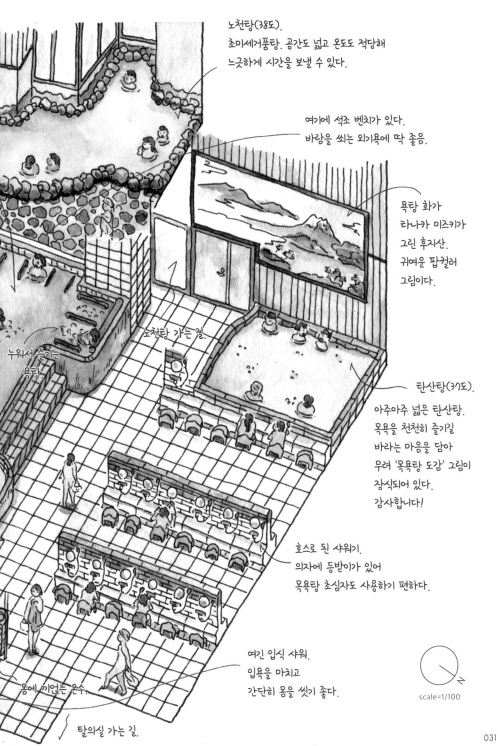

노천탕(38도).
초미세거품탕. 공간도 넓고 온도도 적당해
느긋하게 시간을 보낼 수 있다.

여기에 석조 벤치가 있다.
바람을 쐬는 외기욕에 딱 좋음.

욕탕 화가
타나카 미즈키가
그린 후지산.
귀여운 팝컬러
그림이다.

노천탕 가는 길.

누워서 즐기는
욕탕.

탄산탕(37도).
아주아주 넓은 탄산탕.
목욕을 천천히 즐기길
바라는 마음을 담아
무려 '목욕탕 도감' 그림이
장식되어 있다.
감사합니다!

호스로 된 샤워기.
의자에 등받이가 있어
목욕탕 초심자도 사용하기 편하다.

여긴 입식 샤워.
입욕을 마치고
간단히 몸을 씻기 좋다.

몸에 끼얹는 온수.

탈의실 가는 길.

scale=1/100

031

목욕탕 테마파크

목욕부터 식사까지 풀코스로 즐기고 싶다면 하기노유를 추천한다. JR우구이스다니역鶯谷駅에서 내려 금세 도착할 수 있는 곳. 고풍스런 찻집과 술집이 드문드문 들어선 거리에 10층짜리 맨션이 있다. 이 맨션의 1층부터 4층까지가 2017년에 리뉴얼된 하기노유다. 1층은 입구, 2층은 카운터와 식당, 3층은 남탕, 4층은 여탕으로 도쿄에서 가장 큰 규모를 자랑한다.

하기노유에는 소금사우나(여탕 한정), 사우나, 노천탕, 탄산탕 등 다양한 시설이 있어 즐길 거리가 많다. 중앙의 대형 욕탕에서 몸을 데운 후 소금사우나로 향한다. 통에 담긴 소금을 한 움큼 쥐어 양발에 뿌려 발바닥부터 발목 주변까지 소금마사지를 한다. 소금이 녹아 없어지면 물로 씻어내고 이제 건식사우나로 향한다. 가장 안쪽 자리에 앉아 있으면 소금사우나의 효과가 더해져 5분 정도만 지나도 이마에서 땀이 멈추지 않는다. '한계다' 싶을 때 냉탕으로 향한다. 물 온도는 항상 19도 정도로 적당하게 맞춰져 있다. 목 안쪽까지 차가운 냉기가 느껴질 즈음 일어나 냉탕 맞은편 벤치에 앉는다. 눈을 감고 온몸의 힘을 빼면 몸이 벤치로 녹아들어가는 것 같다.

땀을 흠뻑 흘리는 두 차례의 사우나를 마치고 노천탕으로 향한다. 통풍이 잘

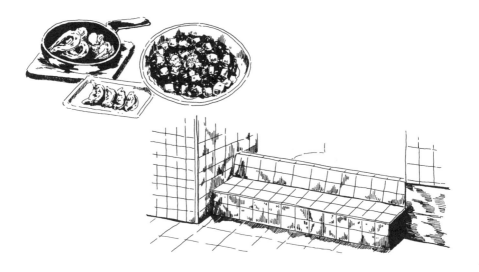

되어 있어 머릿속까지 시원하다. 사우나, 냉탕, 외기욕을 세 번 반복한 뒤 마지막 코스, 탄산탕으로 향한다. 사우나로 모공을 자극한 뒤라서 모공 위로 거품들이 톡톡 튀어 다니는 것 같은 청량감이 느껴진다. 벽에는 '목욕탕 도감' 그림이 걸려 있다. "탄산탕을 천천히 즐겨주시길 바라는 마음을 담아" 목욕탕 주인이 전시해준 것. 내가 그린 그림에 둘러싸여 있자니 조금 쑥스럽다.

피날레는 역시 2층의 식당이다. 생맥주부터 일본 전통주까지 여러 종류의 술이 구비되어 있고 안주뿐만 아니라 마파두부 덮밥 같은 제대로 된 식사 메뉴도 있다. 우선 생맥주를 주문해 한 모금. 맥주 탄산이 목 안쪽에서 터져 나가며 그대로 메마른 위장으로 직행한다. 맛있다! 햄 커틀릿, 감자튀김, 치킨과 로스트비프가 들어간 샐러드를 안주 삼아 친구와 수다 꽃을 피우는 동안 술잔은 점점 비어간다. 벌써 밤 11시. 아쉬움을 뒤로하고 하기노유를 빠져나온다. 여러 욕탕에서 신나게 목욕을 즐긴 뒤 술 한잔까지 하고 나니, 심신이 새로워진 기분이다. 여유롭게 목욕탕을 만끽하고 싶은 사람에게 하기노유를 꼭 추천한다.

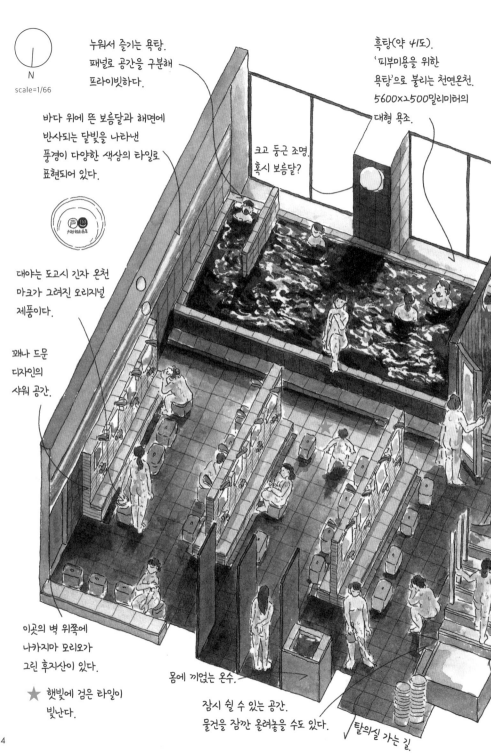

누워서 즐기는 욕탕.
패널로 공간을 구분해
프라이빗하다.

바다 위에 뜬 보름달과 해면에
반사되는 달빛을 나타낸
풍경이 다양한 색상의 타일로
표현되어 있다.

흑탕(약 41도).
'피부미용을 위한
욕탕'으로 불리는 천연온천.
5600×2500밀리미터의
대형 욕조.

코고 둥근 조명.
혹시 보름달?

대야는 도고시 긴자 온천
마크가 그려진 오리지널
제품이다.

꽤나 드문
디자인의
샤워 공간.

이곳의 벽 위쪽에
나카지마 모리오가
그린 후지산이 있다.

★ 햇빛에 검은 타일이
빛난다.

몸에 끼얹는 온수.

잠시 쉴 수 있는 공간.
물건을 잠깐 올려놓을 수도 있다.

탈의실 가는 길.

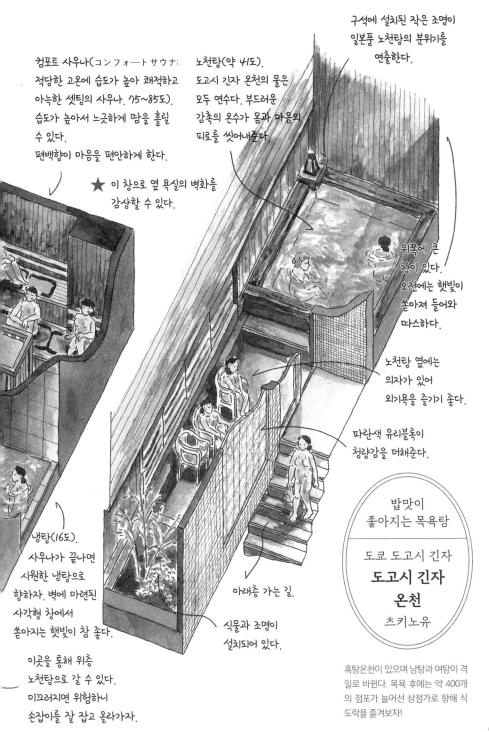

컴포트 사우나(コンフォートサウナ:
적당한 고온에 습도가 높아 쾌적하고
아늑한 셋팅의 사우나. (75~85도).
습도가 높아서 느긋하게 땀을 흘릴
수 있다.
편백향이 마음을 편안하게 한다.

★ 이 창으로 옆 욕실의 벽화를
감상할 수 있다.

노천탕(약 41도).
도고시 긴자 온천의 물은
모두 연수다. 부드러운
감촉의 온수가 몸과 마음의
피로를 씻어내준다.

구석에 설치된 작은 조명이
일본풍 노천탕의 분위기를
연출한다.

위쪽에 큰
창이 있다.
오전에는 햇빛이
쏟아져 들어와
따스하다.

노천탕 옆에는
의자가 있어
외기욕을 즐기기 좋다.

파란색 유리블록이
청량감을 더해준다.

냉탕(16도).
사우나가 끝나면
시원한 냉탕으로
향하자. 벽에 마련된
사각형 창에서
쏟아지는 햇빛이 참 좋다.

이곳을 통해 위층
노천탕으로 갈 수 있다.
미끄러지면 위험하니
손잡이를 잘 잡고 올라가자.

아래층 가는 길.

식물과 조명이
설치되어 있다.

밥맛이
좋아지는 목욕탕

도쿄 도고시 긴자
**도고시 긴자
온천**
츠키노유

흑탕온천이며 남탕과 여탕이 격
일로 바뀐다. 목욕 후에는 약 400개
의 점포가 늘어선 상점가로 향해 식
도락을 즐겨보자!

밥맛이 좋아지는 목욕탕

전철역을 중심으로 약 1.3킬로미터의 상점가가 늘어선 도고시 긴자. 휴일엔 늘 사람들로 붐비며, 여러 식당을 돌아다니는 노점 투어를 하는 사람도 적지 않다. 경단, 빙수, 꼬치구이, 크로켓 등 먹을거리를 잔뜩 팔고 있어 그냥 지나치기 참 어려운 곳이다. 이 거리의 매력을 이야기하면서 도고시 긴자 온천을 빼놓을 수 없다.

골목 안쪽에 자리한 도고시 긴자 온천은 빌딩형 목욕탕으로 1960년에 창립했다. 2007년 건축가 이마이 겐타로의 설계로 리뉴얼하면서 '질리지 않는 목욕탕' 콘셉트로 여탕과 남탕이 매일 바뀌는 츠키노유(달의 탕)와 히노유(해의 탕)를 만들었다. 두 욕탕의 분위기가 완전히 달라 전혀 다른 목욕탕에 온 기분이 든다.

내가 찾아간 날은 츠키노유가 여탕이었다. 파스텔컬러의 아르 누보Art Nouveau 스타일의 히노유와 달리 츠키노유는 세련된 현대식 일본 스타일로 바닥부터 벽까지 검은 타일로 되어 있다. 안쪽 욕탕에는 천연온천인 검은 온천수가 뿜어져 나온다. 커다란 창문으로 들어온 햇빛이 검은 수면에 반사되어 묘한 분위기가 연출되면 어깨에서 힘이 슥 빠지고 절로 탄성이 나온다. 위층의 노천탕은 내장재가 편백나무다. 나무가 주는 편안함 덕에 이곳에 앉아 있으면 번잡한 도심 속 소란을 잊을

수 있다. 욕조 가장자리에 턱을 얹고 푸른 하늘을 바라보고 있노라면 어딘가 먼 곳으로 온천 여행을 온 것 같은 기분이 든다. 구석구석 편안하게 연출된 곳이다.

온천을 나올 때쯤엔 잔뜩 허기가 져 있다. '뭘 좀 먹을까?' 하며 상점가로 향한다. 입구에 학생으로 보이는 몇몇이 떡을 만들고 있었다. 콩고물을 잔뜩 묻힌 갓 만든 떡을 하나 사 먹었다. 쫀득쫀득 탄력 있는 식감과 고소하고 달달한 콩고물의 감칠맛에 입 안 가득 행복해졌다. 이어 고기를 두른 삼각김밥과 꼬치구이를 편의점에서 산 맥주와 곁들였다. 그리고 다시 구운 옥수수, 맥주로 이어지는 코스를. 허기진 배에 만족스러운 요리들이 연달아 들어갔다.

가득 찬 행복감과 약간의 취기에 슬슬 집으로 돌아갈까 하던 찰나, 고토 어묵가게後藤蒲鉾店를 발견했다. 온천 주인도 여기는 빼놓을 수 없다고 추천하는 곳이다. 한 개 70엔이라는 다소 파격적으로 싼 가격에 메추리알보다 조금 큰 사이즈의 크로켓들을 판다. 바삭바삭한 튀김 안에 감자, 쇠고기, 어묵이 들어 있고, 어묵 국물과 맥주의 조합도 환상적이다. 나도 모르게 과식을 했다. 오늘 저녁은 이미 해결. 다음엔 배가 더 고플 때 찾아와서 목욕 후의 노점 투어를 제대로 즐겨야지.

노천탕(19도).
항상 냉수가 흘러넘치는 온천형 냉탕!
사우나가 끝난 직후의 노천 냉탕은
잊을 수 없는 상쾌함을 준다.

대노천탕(41도).
미네랄 성분이 풍부하다고 알려진 입욕제
'루포'를 넣은 노천탕. 몸 한가운데까지
데워지는 기분이다. 유황 냄새가 나서
온천에 온 기분도 느낄 수 있다. 오래 들어가
있기에 적절한 온도로 대화를 즐기며 긴
입욕을 즐기는 사람도 많다.

누워서 즐기는 욕탕.

의자형 해먹.
여기서 스카이트리
전망대가 보인다!

소금사우나가 끝나면
땀 흘린 몸을 씻어내자.

몸에 끼얹는 온수.

해먹, 리클라이닝 의자,
의자형 해먹 등 외기욕을 즐길 수
있는 꿈의 공간! 사우나나 냉탕
이후 쿨다운에 딱 좋다.
노천탕 옆의 계단으로 올라간다.

쑥 스팀 소금사우나(50도).
소금을 뿌려 마사지를 하면
피부가 뽀송뽀송해진다!
소금사우나 뒤에 건식사우나에 가면
땀을 폭포처럼 흘릴 수 있다!

scale=1/70

온천탕(42도).
다이코쿠유는 피부미용에 효과가 좋다는 메타규산이 포함된 천연온천수를 모든 욕탕에 사용한다.
촉감이 부드러워 목욕을 오래해도 질리지 않는 편안함을 선사한다.

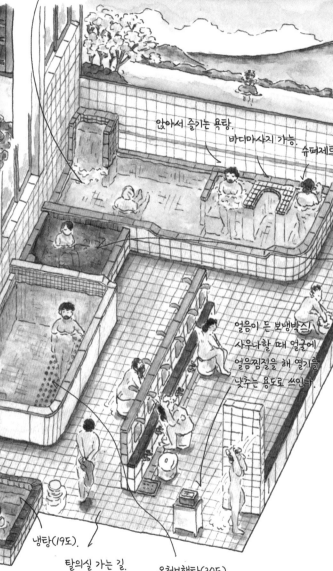

앉아서 즐기는 욕탕.

바디마사지 가능. 슈퍼제트.

약탕(40도).
매일 재료가 바뀐다.
이 날은 치아시드
오일! 목욕탕 달력을
확인하면 한 달 치
약탕 일정이
공개되어 있다.

얼음이 든 보냉박스!
사우나할 때 얼굴에
얼음찜질을 해 열기를
낮추는 용도로 쓰인다.

여탕과 남탕을 가르는 벽에는
일본 유리 공예풍 '에도 기리코'가
장식되어 있다.

노천탕 하면
여기지!

도쿄 오시아게
다이코쿠유
대노천탕

냉탕(19도).

탈의실 가는 길.

사우나(87도).
신기하게도 스토브가 위에
달려 있어서
머리 위에서 열기가
지글지글 내려온다.

온천보행탕(37도).
수심 900밀리미터인 걸 수 있는 욕탕.
바닥 일부는 발바닥 마사지용 돌이
설치돼 있지만
아파서 걸어보진 못했음.

스팀 소금사우나. 광활한 노천탕. 나
무데크와 해먹이 있는 목욕탕. 해먹에
누워 올려다보는 도쿄 스카이트리 전
망대는 더할 나위 없는 절경이다.

노천탕 하면 여기지!

도쿄 오시아게에 위치한 다이코쿠유. 노천 공간이 아주 잘 되어 있어 '노천탕의 왕자'라고도 불리는 목욕탕이다. 1949년에 창업했으며 2014년에 노천탕 등을 증설해 리뉴얼 오픈했다. 입구는 깔끔하게 리모델링했지만 커다란 기와지붕이 남아 있어 옛 목욕탕다운 외관을 유지하고 있다. 스카이트리 전망대에서 걸어서 10분 정도라 목욕탕 굴뚝과 전망대가 나란히 하늘을 향해 뻗어 있는 진풍경도 감상할 수 있다.

귀여운 디자인의 천 가림막 아래를 지나면 프런트 형식의 카운터가 나오고, 갤러리 겸 대합실에 그림이 장식되어 있다. 욕실은 노천탕이 있는 탕과 탄산탕이 있는 탕으로 나눠져 있는데 매일 여탕과 남탕이 바뀐다. 오늘은 노천탕이 있는 쪽의 탈의실로 향한다. 높은 천장과 하얀 벽, 나무 대들보가 어우러진 공간에 사물함이 들어서 있다. 동네 어른들이 중앙 벤치에 앉아 담소를 나누고 있는 풍경이 여지없는 대중목욕탕이다.

하얀 타일의 욕실 앞쪽에는 수도꼭지들이 늘어서 있고, 안쪽에는 온천탕, 약탕, 보행탕이 있다. 왼쪽 입구를 통해 노천탕으로 향한다. 노천 공간은 높은 목조 벽으로 둥글게 둘러싸여 벽을 따라 넓은 대노천탕과 노천 냉탕이 차례대로 있다.

안쪽에 쏙 스팀 소금사우나도 마련되어 있다. 돌로 만들어진 노천탕에는 미네랄 성분이 많은 것으로 유명한 입욕제 '루프'가 들어가 있다. 탕 속에 오래 있기 좋을 정도로 온도가 적당해 느긋하게 시간을 보낼 수 있다. 턱을 괴고 하늘을 바라보니 넓게 펼쳐진 파란 하늘 한편에 목욕탕 굴뚝이 보였다. 입욕제가 욕조의 바위와 반응해 가벼운 유황 향기가 나서 마치 교외의 온천지로 여행을 온 기분이다.

　다이코쿠유의 가장 큰 매력은 나무데크다. 노천탕 옆 계단을 천천히 올라가면 왼편에 나무데크가 있고 이곳에 무려 해먹이 설치되어 있다. 천장에 매달린 타입과 바닥에 고정된 타입, 두 가지가 있는데 난 바닥에 고정된 그물침대에 누워봤다. 해먹의 천이 몸을 부드럽게 감싸고 나긋나긋 흔들어준다. 바람은 천천히 지나가고 따뜻한 햇빛이 비춘다. 천장 저편으로 스카이트리가 보였다. 해먹에 한가로이 누워 당당하게 서 있는 전망대를 바라보고 있으면 그야말로 천국에 온 기분이다. 넓은 노천탕, 나무데크, 해먹, 그리고 스카이트리. 이렇게 주연 배우들이 알차게 들어선 다이코쿠유는 최고의 노천욕을 경험하게 해준다. 🦆

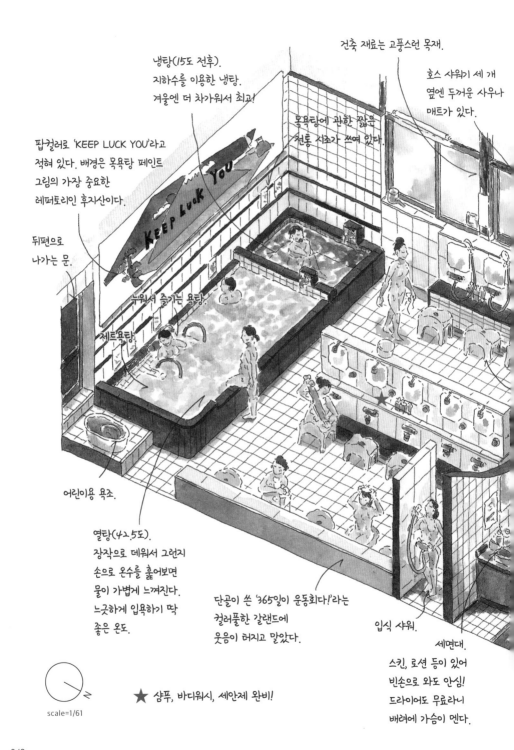

냉탕(15도 전후).
지하수를 이용한 냉탕.
겨울엔 더 차가워서 최고!

건축 재료는 고풍스런 목재.

호스 샤워기 세 개
옆엔 두꺼운 사우나
매트가 있다.

팝컬러로 'KEEP LUCK YOU'라고
적혀 있다. 배경은 목욕탕 페인트
그림의 가장 중요한
레퍼토리인 후지산이다.

목욕탕에 관한 짧은
전통 시초가 쓰여 있다.

뒤편으로
나가는 문.

누워서 즐기는 욕탕.

제트욕탕.

어린이용 욕조.

열탕(42.5도).
장작으로 데워서 그런지
손으로 온수를 훑어보면
물이 가볍게 느껴진다.
느긋하게 입욕하기 딱
좋은 온도.

단골이 쓴 '365일이 운동회다!'라는
컬러풀한 갈랜드에
웃음이 터지고 말았다.

입식 샤워.

세면대.
스킨, 로션 등이 있어
빈손으로 와도 안심!
드라이어도 무료라니
배려에 가슴이 멘다.

scale=1/61

★ 샴푸, 바디워시, 세안제 완비!

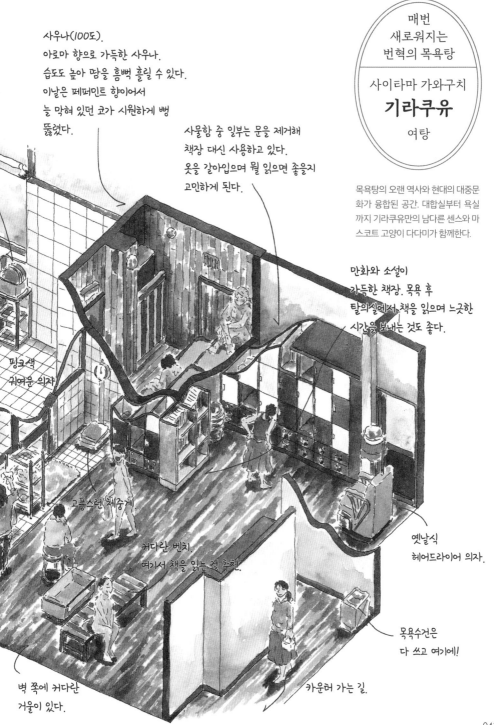

사우나(100도).
아로마 향으로 가득한 사우나.
습도도 높아 땀을 흠뻑 흘릴 수 있다.
이날은 페퍼민트 향이어서
늘 막혀 있던 코가 시원하게 뻥
뚫렸다.

사물함 중 일부는 문을 제거해
책장 대신 사용하고 있다.
옷을 갈아입으며 뭘 읽으면 좋을지
고민하게 된다.

목욕탕의 오랜 역사와 현대의 대중문
화가 융합된 공간. 대합실부터 욕실
까지 기라쿠유만의 남다른 센스와 마
스코트 고양이 다다미가 함께한다.

만화와 소설이
가득한 책장. 목욕 후
탈의실에서 책을 읽으며 느긋한
시간을 보내는 것도 좋다.

핑크색
귀여운 의자

고풍스런 체중계

커다란 벤치.
여기서 책을 읽는 걸 추천.

옛날식
헤어드라이어 의자.

목욕수건은
다 쓰고 여기에!

벽 쪽에 커다란
거울이 있다.

카운터 가는 길.

매번 새로워지는 변혁의 목욕탕

JR가와구치역川口駅에서 도보로 약 12분. 우체국이 있는 교차로를 돌면 길고 가느다란 목욕탕 굴뚝이 보인다. 그 아래에 자리 잡은 커다란 기와지붕 건물. 입구에는 목욕탕과 관련된 물품들이 그려진 천 가림막이 있고 파란색, 오렌지색, 연두색 등 쨍한 색감의 의자가 줄지어 있다. 옛날 목욕탕 외관과 대중문화가 융합된 풍경을 즐길 수 있는 이곳은 기라쿠유다. 기라쿠유는 1950년에 경영을 시작해 1988년에 로비와 사우나를 증설하고 2012년에는 욕실과 탈의실을 새롭게 꾸몄다. 2016년부터는 목욕탕 매체인 '도쿄 센토TOKYO SENTO'가 운영을 맡아 이벤트와 목욕용품을 기획하는 등 변혁을 이어가고 있다.

대합실에 들어서면 프런트 형식의 카운터 앞에 200엔에 빌릴 수 있는 샴푸와 각종 목욕용품, 오리모양 장난감이 늘어서 있다. 넓은 탈의실을 지나 욕실로 향한다. 탈의실에서 가까운 쪽에 샤워 공간이 있고 안쪽에는 온탕과 냉탕이 있다. 소박한 욕실이지만 벽에 걸린 커다란 현수막에는 'KEEP LUCK YOU'라고 적혀 있는 팝컬러 그림이 있고 천장엔 컬러풀한 갈랜드가 있는 등 공간에 재미난 색조를 더하고 있다. 탈의실의 사물함은 문을 떼어 책장으로 꾸미고, 둥근 드라이어가 설치된 분홍 의자 곁에는 작은 선인장이 장식되어 있다. 구석구석 소소하고 귀여운 요소

들이 있어 이 공간에 있는 것만으로도 행복해진다.

　온탕은 들어가기 쉬운 적당한 온도로 잘 맞춰져 있고 사우나에선 근사한 향기가 난다. 온탕과 냉탕을 번갈아 오가고 있으면 온몸이 나른하게 풀린다. 목욕을 마치고 프런트에서 판매하는 수제 맥주를 마시러 가는 길에 바닥에서 뒹굴 거리고 있는 고양이 '다다미'를 발견했다. 다다미는 기라쿠유를 찾는 매력 포인트 중 하나다. 3년 전에 목욕탕 직원이 목욕탕 건물 맞은편에 있던, 지금은 폐점한 다다미 가게에서 이 고양이를 발견했고 다다미라는 이름을 붙여 키우기 시작했다고 한다. 이제는 어엿한 기라쿠유의 마스코트다. 귀여운 다다미를 보기 위해 방문하는 사람도 많다. 나도 그중 한 명이다.

　방문할 때마다 조금씩 발전해나가는 기라쿠유의 변화를 확인하는 것이 즐거워서 자꾸만 발길이 향하게 된다. 본질은 한결같되 변화를 멈추지 않는 것이 이곳, 기라쿠유의 강점이다. 맥주를 마시고 밖으로 나서니 다다미의 형제처럼 보이는 고양이가 나를 지긋이 바라봤다. 배웅해주는 것 같아 괜히 즐거워졌다. 다다미가 보고 싶어져서, 새롭게 변화한 기라쿠유를 확인하고 싶어서 조만간 다시 이곳을 방문할 것 같다. 🦆

목욕탕 도감 그리는 법

"목욕탕 도감은 어떻게 그리나요?"라는 질문을 종종 받습니다. 도감의 제작은 크게 취재 → 밑그림 → 펜 그림 → 채색의 네 단계로 나눠집니다. 목욕탕 한 곳을 그리는 데 약 20시간 이상이 걸려요.

▶▶ 취재

목욕탕에 전화 또는 SNS로 취재를 요청한 뒤 개점 약 1시간 반 전에 목욕탕을 방문합니다. 우선 레이저 측정기를 사용해 욕실 전체와 욕조 등의 크기를 측정하고, 얕은 욕조나 수도꼭지처럼 세밀한 측정이 필요한 곳은 3미터 줄자를 사용해 타일의 폭까지 빈틈없이 측정해요.

실측을 한 뒤에는 사진 촬영이 기다리고 있습니다. 욕조나 수도꼭지의 위치 관계를 알 수 있는 부감 사진부터 목욕대야 같은 작은 용품까지 거의 모든 것을 찍어요. 촬영이 끝나면 대략 20분 정도 목욕탕 주인을 인터뷰합니다. 목욕탕의 역사, 최근 어떤 면에서 새로운 노력을 하고 있는지 등을 질문하는데, 짧은 시간이지만 운영자의 열정이 느껴져 눈시울이 뜨거워지는 순간도 있답니다.

취재가 끝난 뒤에는 욕실로 들어가 목욕을 즐깁니다. 욕실을 그릴 때 충분히 표현할 수 있도록 그곳의 분위기나 일어나는 일들을 빠짐없이 관찰하려고 노력하는 편이에요. 최대한 사실적으로 재현하고 싶어서 원칙적으로 직접 들어가본 여탕을 그리고 있습니다.

샤워 공간.

3미터 줄자.

샤워 공간처럼 작은 설비들은 줄자로,
욕실 전체 같은 폭 넓은 공간은 레이저
측정기로 길이를 잰다.

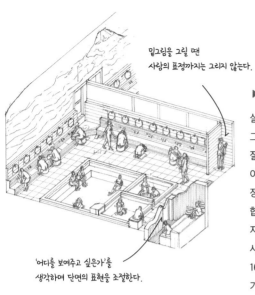

밑그림을 그릴 땐
사람의 표정까지는 그리지 않는다.

'어디를 보여주고 싶은가'를
생각하며 단면의 표현을 조절한다.

▶▶ 밑그림

실측 데이터를 토대로 축적을 정해 A4 용지에 밑
그림을 그립니다. 직선을 보조하는 자는 대학 시
절부터 애용하는 제도용 삼각자예요. 그 뒤 트레
이싱지 작업에 들어가기 때문에 색이 진하고 수
정이 쉬운 지워지는 볼펜 프릭션FRIXION을 사용
합니다. 타일까지 그리면 무슨 선이 어느 선인
지 모르게 되기 때문에 대상에 따라 색을 구분해
사용합니다. 참고로 사람은 빨간색. 여자는 대략
165센티미터 전후, 남자는 170센티미터 전후를
기준으로 그려요.

▶▶ 펜 그림

트레이싱 대에 밑그림과 수채화 용지를 겹치고 방수펜으로 수
채화 용지에 그림을 복사합니다. 펜은 방수 잉크가 들어간 제
도펜을 주로 사용해요. 많은 펜을 시험해봤지만 굴곡 없이 부
드러운 직선을 그리는 데는 제도펜만 한 것이 없더라고요. 타
일은 더 가는 펜을 사용해 세부까지 섬세하게 그립니다.

밑그림을 그릴 땐 자를 사용해 직선을 그리고,
그 직선을 펜으로 다시 그릴 땐 자 없이 그린다.

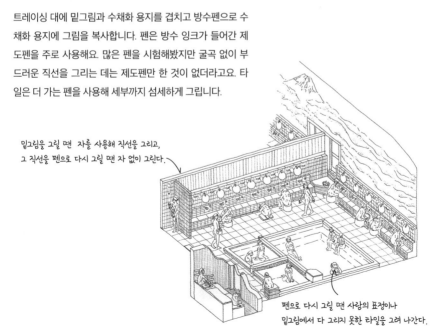

펜으로 다시 그릴 땐 사람의 표정이나
밑그림에서 다 그리지 못한 타일을 그려 나간다.

▶▶ 채색

마지막 공정은 투명 수채화로 착색하는 것입니다. 실제 목욕탕의 색감을 충실히 재현하기 위해 언제나 팔레트에 여러 가지 색을 풀어 놓고 실험합니다. 욕조는 배수구의 위치를 알 수 있도록 수면의 파문에 주의해서 그리고, 제트탕은 뽀글거리는 거품을 제대로 표현하기 위해 애를 써요. 채색할 때 가장 즐거운 것은 그림자 그리기입니다. 그림자를 어떻게 그리냐에 따라 건물의 공간감과 분위기, 질감이 결정되거든요.

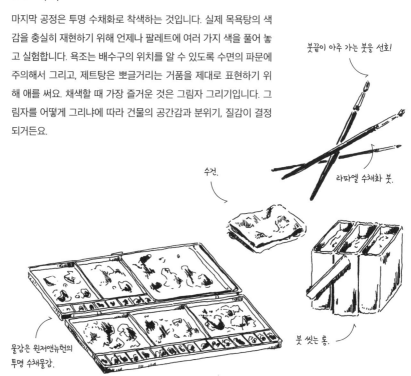

붓끝이 아주 가는 붓을 선호!

라파엘 수채화 붓.

수건.

물감은 윈저앤뉴턴의 투명 수채물감.

붓 씻는 통.

완성된 그림은 스캔한 뒤 컴퓨터로 옮겨 글자를 입력해 마무리합니다. 이렇게 도감의 제작 과정을 돌아보면서 제가 항상 세 가지를 주의하고 있다는 것을 깨달았어요.

첫째, 목욕탕의 모습과 정보를 정확히 전달하는 것.
둘째, 목욕탕의 분위기를 느끼게 하는 것.
셋째, 일러스트의 완성도.

건축학과 출신의 목욕탕 지배인인 일러스트레이터로서 이 중 어느 하나라도 목욕탕 도감을 보는 사람에게 매력적으로 다가가길 간절히 바랍니다. 당신에게 이 마음이 조금이라도 전달되었다면 큰 영광일 거예요.

제2장

목욕탕을 즐기다

상급자 코스

수준 높은 건축물, 아름다운 경관 등
가지각색의 다양한 즐거움으로
목욕탕 애호가를 만족시킬 만한 7곳 엄선!

현대 목욕탕
건축의 걸작

도쿄 마치다
오쿠라유
여탕

'따뜻하고 커다란 욕조가 있으며,
마음이 고요하게 편안해지는 공간을 만들고 싶다'는
건축가의 의도에 따라 제트탕 같은 설비가 없다.
조용한 목욕탕에 지친 마음이 치유되는 느낌이다.

건축가 이마이 겐타로가 설계한 목욕
탕으로 수준 높은 공간과 좋은 수질
을 갖췄다. 오쿠라유에 한번 가면 순
식간에 이곳의 매력에 빠져든다.

남탕과 여탕을 구분하는 벽은 목재.
소재의 아름다움이 그대로 드러난다.

이 벽에는 〈조양영봉〉의
아침 해가 그려져 있다.

입식 샤워.

사우나 요금을 지불하면
사우나용 목욕수건, 얼굴용
수건, 나일론타월을 한 번에
빌릴 수 있다!
빈손으로 왔다면 사우나
세트를 빌리는 걸 추천한다.

바닥은 타일의 질감이
그대로 느껴진다.

탈의실 가는 길.

사우나(여탕 90도/남탕95도).
습기가 충분한 사우나.
좌석 등받이에서
열기가 뿜어져 나온다.

작은 의자.
사우나 직후에 휴식하거나
잠깐 물건을 놓아두기에 좋다.

일본의 유명한 화가 요코야마 타이칸이 그린 〈조양영봉〉에서 영감을 받은 타일 그림. 10밀리미터의 작은 타일로 구름이 덮인 바다 사이에 우뚝 선 후지산을 그렸다.

거울 사이에 손잡이와 작은 조명이 설비되어 있다. 이 구조는 이마이 겐타로의 목욕탕 건축에서 자주 볼 수 있다.

★ 편백으로 만든 배수구에서 온수가 흘러나온다.

온탕(42도). 편백으로 만든 욕조. 이곳의 온수는 모두 연수를 사용한다. 부드러운 편백향이 몸과 마음을 편안하게 한다.

열탕(44도). 석조 욕조. 조금 뜨거운 편이지만 연수여서 입욕하기 편하다. 영귤을 넣은 이벤트가 진행 중이었다.

냉탕(18도). 작은 타일로 만든 욕조. 지하수를 사용해 물이 계속 자연스럽게 넘치는 구조다. 몸속 깊이 파고드는 상쾌함을 제공한다.

scale=1/60

현대 목욕탕 건축의 걸작

건축가 이마이 겐타로今井健太郎는 목욕탕 설계 전문가다. 도쿄 마치다시의 오쿠라유도 그의 작품 중 하나. 마치다역町田駅에서 버스로 15분 정도 이동해 주택가를 걷다 보면 '오쿠라유 사우나'라고 적힌 굴뚝이 눈에 들어온다. 기와지붕과 맞배지붕이 이어진 목욕탕 입구에는 나무로 된 간판이 있고 백색 천에 열은 먹으로 '유(ゆ; 목욕탕을 뜻함)'라고 적힌 멋진 천 가림막이 드리워져 있다.

오쿠라유는 1966년에 창업했다. 소시가야오쿠라祖師ヶ谷大蔵 지역에서 목욕탕을 하던 선대 경영자가 현재의 위치인 마치다에서 새롭게 목욕탕을 열면서 예전 지명을 따 오쿠라유라고 이름을 붙였다. 노후로 개장이 필요해졌을 즈음 건축가 이마이에게 설계를 부탁해 2016년 12월에 재오픈했다. 설계를 할 때 목욕탕 주인과 함께 오쿠라유가 추구하는 목욕탕에 대해 많은 고민과 연구를 했고, '품격'이라는 콘셉트를 잡아 공간은 물론 온수의 품질도 최상급으로 높였다고 한다.

탈의실 바닥은 다다미가 깔려 있어 맨발로 디디는 감촉이 좋다. 욕실에서 가장 먼저 눈에 들어오는 것은 황색의 타일 벽화. 요코야마 타이칸橫山大観; 일본의 화가)의 명화〈조양영봉朝陽靈峰〉에서 영감을 받은 후지산과 구름이 그려져 있다.

가만히 탕에 앉아 있으면 격자무늬 창문을 통해 들어오는 햇빛이 수면을 조용히 비춘다. 제트탕이나 전기탕과 같은 설비가 없는 심플한 구성이 정숙한 공간감으로 이어져 마음이 편안하다. 연수를 사용하고 있어 손으로 물을 떠보면 부드러운 감촉이 느껴진다. 넓은 욕조의 따스한 물에 몸을 푹 담그고 반짝이며 흔들리는 수면을 바라보고 있노라면 몸도 마음도 서서히 풀어진다. 욕실 가장자리에서 타일 그림을 멍하니 바라본다. 이대로 몸 전체가 욕조에 녹아들어갈 것 같은 위험한 행복감에 젖어들었다. 건축가와 주인의 수많은 토론과 연구 덕일까? 이곳에서는 남다른 편안함과 수준 높은 공간을 경험할 수 있다.

목욕이 끝난 뒤에는 노천 공간에서 느긋하게 시간이 흐르는 것을 즐겼다. 두 명이 겨우 들어가는 좁은 공간이지만 반투명 유리벽을 통과해 들어오는 햇살과 뺨을 쓰다듬는 부드러운 바람이 또다시 평온한 행복감을 선사한다. 단아하게 조경된 식물들도 마음을 편안하게 한다. 고급스러운 공간 덕에 목욕 후 찾아오는 행복감의 깊이가 한층 더 진하다. 구석구석 배려로 가득 찬 오쿠라유의 건축에 새삼 큰 감명을 받았다. 🦆

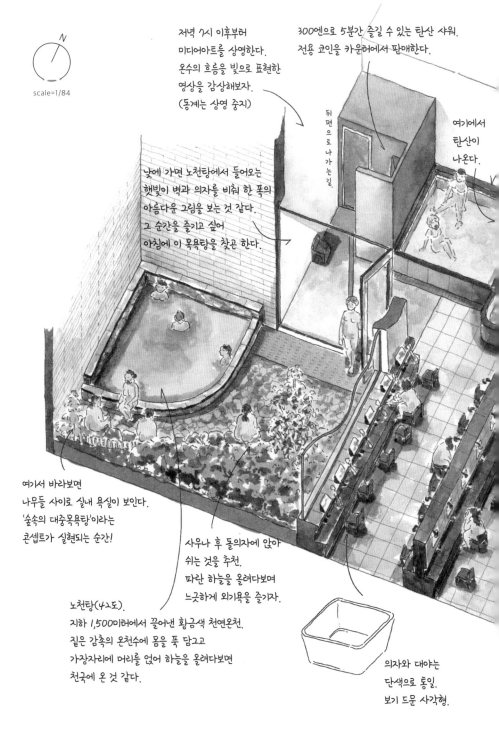

고농도 탄산탕(37,8도).
온도가 미지근해 느긋하게 목욕을 즐길 수 있다.
피부에 붙은 탄산 기포를 잘 씻어내야
탄산이 몸속으로 들어와 효과가 좋다.
이곳 목욕탕 주인의 어드바이스.

열탕(41.7~41.8도).
세 종류의 제트탕과 전기탕.
열탕을 느긋하게 즐기고 싶은 사람은
그 앞의 널찍한 공간을 활용하자.

사우나 옆에는 선반이 있다.
다 쓴 목욕용품은 여기로.

전기탕.
약함. 강함.

냉탕(16.7도).
몸속 깊은 곳까지 상쾌해지는 온도.
욕조가 깊어 사우나 이후의
쿨다운에 최적!

입식 샤워.
온수/냉수
있음.

사우나(여탕 82~83도/남탕93도).
온도가 꽤 높아
땀을 듬뿍 흘릴 수 있다.

의자 아래
안쪽에 조명이 있어
발 디디는 곳을 은은하게 비춰준다.

탈의실 가는 길.

입구와 노천탕 바닥은 소재의
질감을 그대로 느낄 수 있다.

커다란 유리벽이
개방적인 공간감을
연출한다.

탈의실과 욕조 사이에 정원이 있다.
나무의 차분한 초록빛을 보며
마음의 평안을 얻는다.

목욕탕 건축의
새로운 물결

도쿄 네리마
**천연온천
히사마츠유**
여탕

목욕탕이라고 생각하기 어려울 만큼
세련된 공간. '온수에 몸을 담그고 즐
기는 행복감'이라는 목욕의 근본을 심
플하고 세련된 디자인을 통해 추구하
며 평범한 목욕탕이길 거부한다.

목욕탕 건축의 새로운 물결

히사마츠유는 사쿠라다이역桜台駅에서 도보로 5분 정도 떨어진 곳에 있다. 새하얀 벽돌로 된 사각형 현대식 건물에 유리문 같은 구조물이 있고, 세련된 목재풍의 카운터 좌우에는 수증기를 연상시키는 디자인의 천 가림막이 드리워져 있다. 욕실은 흑백 타일로 통일감을 주었고, 높은 천장은 마름모꼴 격자무늬. 곳곳의 지붕창에서 강렬하게 쏟아지는 햇빛은 경건한 분위기마저 풍긴다.

탈의실 입구에 있는 작은 정원은 마치 삼림욕을 하는 상쾌한 기분을 들게 한다. 전체적인 구조뿐 아니라 세부적인 부분에서도 목욕탕 건축을 향한 끝없는 노력의 흔적이 보인다. 가령 창가에 위치한 샤워 공간은 낮게 설비해 전망을 방해하지 않았고, 바닥에 살짝 경사를 주어 발을 얹기에도 편안했다. 사이즈가 작아도 좁다는 느낌이 들지 않는다. 이외에도 일반적인 샤워 공간에서는 볼 수 없는 층계가 마련되어 있어 건축 설계를 전공한 내게 즐거운 발견의 연속이었다.

드디어 욕탕으로! 부드러운 제트탕의 온수가 기분 좋게 몸을 감싸고 온도도 적절하다. 황금색의 노천 공간은 높은 벽으로 둘러싸여 있다. 보통 도쿄의 목욕탕은 인구 밀집 지역에 있어서 노천 공간을 높은 벽으로 둘러싼다. 온천에 들어가니

질고 부드러운 감촉이 느껴진다. 온도도 적절해서 몸 안이 점차 따뜻해졌다. 느긋하게 온천을 즐긴 뒤에는 의자용 바위에 앉아 잠시 휴식을 취했다. 벽으로 둘러싸인 하늘이 사각형으로 재단되어 있었다. 뜨뜻해진 몸을 식혀주는 시원한 바람을 느끼며 사각형의 하늘을 바라보니 하늘이 마치 액자에 든 그림처럼 보여서 이루 헤아릴 수 없는 행복감을 주었다.

목욕이 끝나고 목욕탕 주인을 인터뷰했다. 선대인 후마 히사마츠風間久松의 이름을 따서 1959년에 영업을 시작했는데, 처음에는 전통 일본식 스타일의 목욕탕이었다고 한다. 건물이 노후되어 2014년에 플래닛 워크스 건축사무소에 의뢰해 규모를 키우고 새롭게 온천을 굴착했다. '세상에 단 하나뿐인 참신한 공간'을 만들고 싶었기 때문에 너무 목욕탕스럽게 만들고 싶지 않았다고 한다. '목욕탕스러움'을 배제하면서도 사람들이 편하게 목욕을 즐길 수 있는 공간을 추구하고자 하는 그의 열의가 전해졌다. 건물의 아름다움뿐만 아니라 목욕탕이라는 공간을 통해 세계관을 구축하고 통일하려는 경영 마인드에 감동을 받았다. 🦆

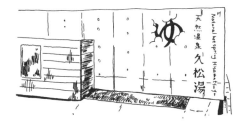

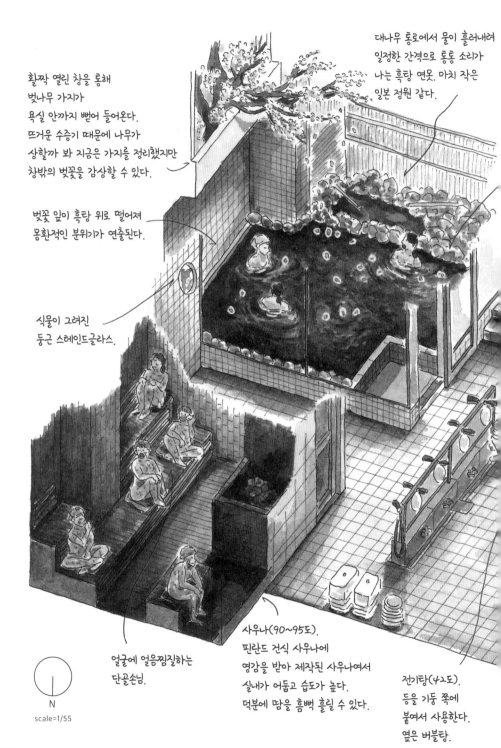

대나무 통로에서 물이 흘러내려
일정한 간격으로 통통 소리가
나는 흑탕 연못. 마치 작은
일본 정원 같다.

활짝 열린 창을 통해
벚나무 가지가
욕실 안까지 뻗어 들어온다.
뜨거운 수증기 때문에 나무가
상할까 봐 지금은 가지를 정리했지만
창밖의 벚꽃을 감상할 수 있다.

벚꽃 잎이 흑탕 위로 떨어져
몽환적인 분위기가 연출된다.

식물이 그려진
둥근 스테인드글라스.

얼굴에 얼음찜질하는
단골손님.

사우나(90~95도).
핀란드 건식 사우나에
영감을 받아 제작된 사우나여서
실내가 어둡고 습도가 높다.
덕분에 땀을 흠뻑 흘릴 수 있다.

전기탕(42도).
등을 기둥 쪽에
붙여서 사용한다.
옆은 버블탕.

N
scale=1/55

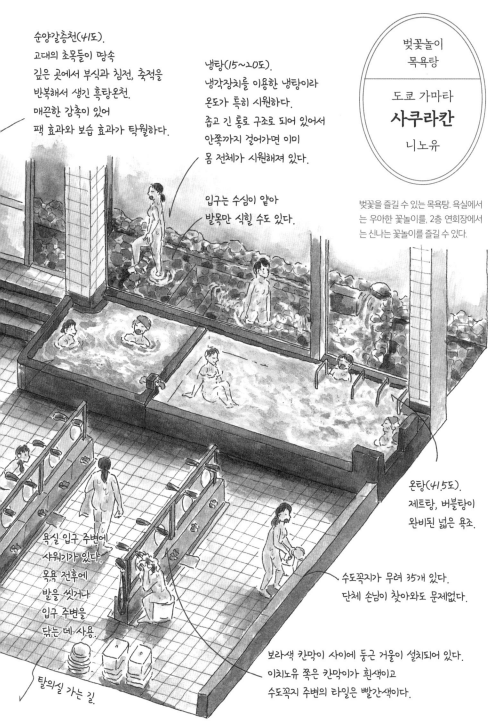

순양갈층천(41도).
고대의 초목들이 땅속
깊은 곳에서 부식과 침전, 축적을
반복해서 생긴 흑탕온천.
매끈한 감촉이 있어
팩 효과와 보습 효과가 탁월하다.

냉탕(15~20도).
냉각장치를 이용한 냉탕이라
온도가 특히 시원하다.
좁고 긴 통로 구조로 되어 있어서
안쪽까지 걸어가면 이미
몸 전체가 시원해져 있다.

입구는 수심이 얕아
발목만 식힐 수도 있다.

벚꽃놀이
목욕탕

도쿄 가마타
사쿠라칸

니노유

벚꽃을 즐길 수 있는 목욕탕. 욕실에서
는 우아한 꽃놀이를, 2층 연회장에서
는 신나는 꽃놀이를 즐길 수 있다.

온탕(41.5도).
제트탕, 버블탕이
완비된 넓은 욕조.

수도꼭지가 무려 35개 있다.
단체 손님이 찾아와도 문제없다.

욕실 입구 주변에
샤워기가 있다.
목욕 전후에
발을 씻거나
입구 주변을
닦는 데 사용.

보라색 칸막이 사이에 둥근 거울이 설치되어 있다.
이치노유 쪽은 칸막이가 흰색이고
수도꼭지 주변의 타일은 빨간색이다.

탈의실 가는 길.

벚꽃놀이 목욕탕

벚꽃의 계절이 되면 찾아가고 싶은 목욕탕이 있다. 이케가미역池上駅에 위치한 목욕탕 사쿠라칸. 이름에 걸맞게 목욕탕 앞에 큰 벚나무가 서 있다. 여관풍의 건물과 벚나무가 한데 어우러져 기품이 넘친다. 나무 아래 벤치에는 단정하게 차려 입은 동네 아주머니들이 목욕탕이 열리길 기다리고 있다. 21세기 도쿄의 목욕탕이라고는 믿기지 않을 정도로 옛 정취가 물씬 나는 곳이다.

사쿠라칸의 욕실은 이치노유(壱の湯; 첫 번째 욕탕)과 니노유(弐の湯; 두 번째 욕탕)로 나눠져 있고 매달 남탕과 여탕이 교체된다. 이치노유에는 2층에 스팀사우나, 3층엔 옥외 노천탕이 있다. 숨이 가빠질 만큼 뜨거운 스팀사우나와 바깥공기를 즐길 수 있는 노천탕이 있지만 이 계절에는 아무래도 니노유를 추천한다. 다행히도 오늘은 니노유가 여탕이었다.

욕실에 들어가 가장자리 온천으로 향한다. 사쿠라칸에서 용출되는 '순양갈층천純養褐層泉'은 흑갈색 덕에 일반적으로 흑탕으로 불린다. 오타구의 목욕탕에서 흑탕을 보는 일은 자주 있지만 이곳은 농도가 유독 진해서 수면에서 2센티미터 아래는 보이지 않을 정도다. 발끝으로 깊이를 확인해가면서 욕조 안의 계단을 내려가

안쪽 벽에 등을 가져다 댄다. 기분 좋은 온도에 몸의 긴장이 스르륵 풀린다. 천장을 올려다보니 조금 높은 위치에 창문이 활짝 열려 있고 벚꽃이 만개해 있다. 바깥에서 실내까지 뻗어 들어온 나뭇가지에서 벚꽃 잎이 바람결에 살랑살랑 춤을 추며 검은 온천수에 내려앉는다. 몽환적인 광경이다. 바깥에서 들어온 바람 소리, 사람들이 몸에 물을 끼얹는 소리, 조용히 흐르는 물소리를 들으며 우아하게 벚꽃놀이를 즐겼다.

온천과 벚꽃을 동시에 즐긴 뒤에는 2층 식당으로 향한다. 철 지난 오락실 게임기들이 앞쪽에 들어서 있고 안쪽에는 좌식 연회장이 있다. 목욕탕의 고즈넉한 분위기와는 달리 이곳에는 낮부터 노래방 기기와 술자리를 즐기는 사람들이 있다. 연회장의 창문으로도 벚꽃을 즐길 수 있다. 창밖으로 만개한 벚꽃을 바라보며 음주가무를 즐기는 모습이 여느 꽃놀이 풍경과 다를 바 없다. 나도 술 한 잔과 함께 동참했다. '술 깨고 한 번 더 목욕탕 벚꽃놀이를 즐기러 내려가야지'라고 속으로 다짐하며 마지막 한 모금을 마셨다. 🦆

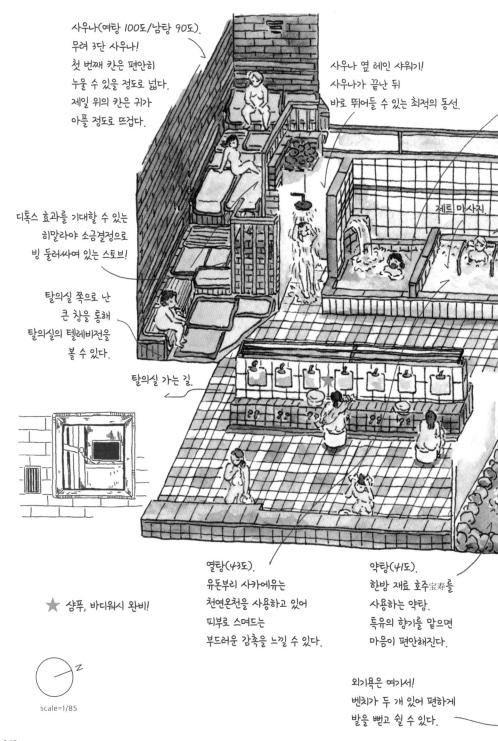

사우나(여탕 100도/남탕 90도).
무려 3단 사우나!
첫 번째 칸은 편안히
누울 수 있을 정도로 넓다.
제일 위의 칸은 귀가
아플 정도로 뜨겁다.

사우나 옆 레인 샤워기!
사우나가 끝난 뒤
바로 뛰어들 수 있는 최적의 동선.

제트 마사지

디톡스 효과를 기대할 수 있는
히말라야 소금결정으로
빙 둘러싸여 있는 스토브!

탈의실 쪽으로 난
큰 창을 통해
탈의실의 텔레비전을
볼 수 있다.

탈의실 가는 길.

★ 샴푸, 바디워시 완비!

열탕(43도).
유돈부리 사카에유는
천연온천을 사용하고 있어
피부로 스며드는
부드러운 감촉을 느낄 수 있다.

약탕(41도).
한방 재료 호주宝寿를
사용하는 약탕.
특유의 향기를 맡으면
마음이 편안해진다.

scale=1/85

외기욕은 여기서!
벤치가 두 개 있어 편하게
발을 뻗고 쉴 수 있다.

냉탕(18도).
냉수가 높은 곳에서 쏟아져 내려온다!
철철 흘러내리는 물소리를 듣고 있으면
잡념을 잊을 수 있다.

★ 마이크로버블욕탕.
작고 섬세한 거품 속에
들어가 있는 기분이 최고!

위쪽에 다나카 미즈키가
그린 페인트 그림이 있다.

인접한 주차장을 구입해
증축한 노천 공간.
일본풍의 안락함이 느껴지는 곳으로
느긋하게 시간을 보낼 수 있다.

누워서 즐기는 욕탕.

전기탕.

항아리탕 위를
덮어주는 큰 지붕.

제대로
호강하는 목욕탕
도쿄 니혼즈쓰미
천연온천
유돈부리 사카에유
여탕

천연 항아리탕, 대규모 사우나, 아로
마 마사지 등 평범한 대중탕에서는
체험하기 힘든 호화로운 목욕탕.

대노천탕(42도).
초미세 버블로 욕탕의 물이
하얀색이다.

두 개의 항아리탕,
속칭 '돈부리탕'.
여기에 들어가면 탕 안의
온수가 '첨벙' 소리를 내며
밖으로 쏟아져 나온다.
이 소리가 좋아 만들었다고
한다. 온도는 미지근하고
들어가 보면 정말 '첨벙'
하는 소리가 듣기 좋다.

첨벙!

제대로 호강하는 목욕탕

유돈부리 사카에유에서는 다른 목욕탕에서는 즐길 수 없는 고급스럽고 호화로운 기분을 맛볼 수 있다. 도쿄 미노와역三輪駅에서 약 1킬로미터 정도 떨어져 있는 이곳은 채소가게와 정육점, 술집이 늘어선 거리를 지나 위치해 있다. 1945년에 영업을 시작했으며 이후 몇 번의 개장을 거쳐 2017년 5월 유돈부리 사카에유라는 이름으로 리뉴얼 오픈했다. 돈부리(덮밥)처럼 여러 종류의 욕탕을 즐길 수 있는 곳이라 이런 이름을 지었다고 한다.

　욕실 안에는 냉탕, 열탕, 약탕이 있으며 리뉴얼 때 증설한 노천탕은 초미세버블온천이다. 특히 버블탕 안에 이색적인 두 개의 항아리탕이 있다. 조심스럽게 항아리탕에 들어가 보니 넘치기 직전까지 차 있던 온수가 기세 좋게 '첨벙' 하는 큰 소리를 내며 흘러 나왔다. 물을 넘치게 만들어서 다른 욕조로 흘러가게 하다니! 일반적인 목욕 매너로는 상상할 수 없는 곳이다. 아주 약간의 죄책감과 함께 묘한 쾌감이 찾아왔다.

　사카에유의 호사스러움은 이것이 끝이 아니다. 사우나가 믿기지 않을 정도로 넓다. 누워도 될 정도로 넓으며 3단 계단식으로 되어 있다. 또한 불그스름하게 빛

나는 히말라야 소금결정이 쌓여 있는 사우나 스토브가 두 대나 들어서 있다. 노천탕을 신설하면서 원래 남성 사우나였던 공간을 여성 사우나로 통합했다고 한다. 땀을 듬뿍 흘린 뒤에는 냉수가 폭포처럼 흐르는 냉탕을 즐긴 뒤 노천탕의 벤치에서 느긋하게 시간을 보내면 가히 천국이 따로 없다.

2층에서는 마사지도 받을 수 있다! 내가 이날 받은 것은 아로마 마사지. 마사지용 반바지로 갈아입고 눕자 시원시원해 보이는 여성 마사지사가 아로마 오일을 온몸에 바르고 그렇지 않아도 목욕 후에 긴장이 풀려 있는 몸을 더욱 깊이 그리고 부드럽게 풀어주었다. 이야기를 나누며 마사지를 즐긴 지 한 시간가량, 온몸이 구석구석 가벼워졌다. 옷을 갈아입으며 피부를 만져보니 깜짝 놀랄 정도로 윤기가 있었다. 목욕을 마친 뒤에는 피부가 건조해지기 때문에 오일을 금방 흡수한다고 한다. 내 피부가 맞나 싶을 정도로 윤기가 있어 행복감이 몰려왔다. 집으로 향하는 길, 제대로 호강했다는 생각에 들뜬 마음으로 길을 걸으니 밤바람이 유독 더 산뜻하다. 퇴근길 혹은 평소보다 조금 더 열심히 일한 날, 자신에게 주는 선물로 들르기에 딱 좋은 목욕탕이다. 🦆

열탕(42도).
욕실 정중앙에 있는 열탕.
제트탕, 전기탕을 즐길 수 있다.
원형 가장자리에 몸을 맡기고
반신욕을 즐기는 걸 추천한다.
요일에 따라 쑥탕 등 약탕도 실시 중.

사우나 뒤 땀을 씻기에
좋은 입식 샤워.

목초로 만든 일본풍
격자 천장이 특징인
노천 공간.
천장에서 쏟아져
나오는 빛과 자연풍이
마음을 편안하게
한다.

중간제트

거울은 반타원형.

바디제트.

전기탕.

샴푸와
바디워시가
든 파우치를
카운터에서 받을
수 있으니 빈손으로
와도 안심.

어깨제트.

탈의실로 가는 길.

입식 샤워.

창 쪽에
앵무새 모양의
조명이 있다.

N

scale=1/75

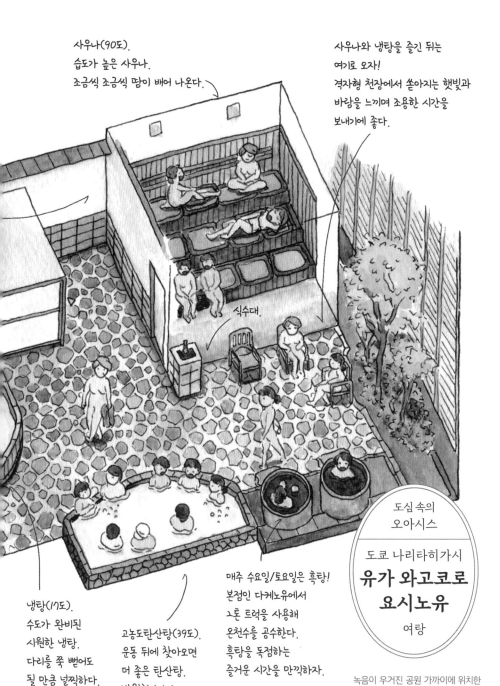

사우나(90도).
습도가 높은 사우나.
조금씩 조금씩 땀이 배어 나온다.

사우나와 냉탕을 즐긴 뒤는
여기로 오자!
격자형 천장에서 쏟아지는 햇빛과
바람을 느끼며 조용한 시간을
보내기에 좋다.

식수대.

냉탕(17도).
수도가 완비된
시원한 냉탕.
다리를 쭉 뻗어도
될 만큼 넓찍하다.

고농도탄산탕(39도).
운동 뒤에 찾아오면
더 좋은 탄산탕.
반원형이어서
대화를 즐기기에도 좋다.

매주 수요일/토요일은 흑탕!
본점인 다케노유에서
노론 트럭을 사용해
온천수를 공수한다.
흑탕을 독점하는
즐거운 시간을 만끽하자.

도심 속의
오아시스

도쿄 나리타히가시
유가 와고코로
요시노유
여탕

녹음이 우거진 공원 가까이에 위치한
목욕탕. 일본풍의 모던함이 가미된 노
천 공간에서 온몸으로 자연을 느낄 수
있다. 주말에 소풍을 떠나는 기분으로
찾아갈 수 있는 도심 속의 오아시스

도심 속의 오아시스

도쿄 스기나미구에 있는 와다보리공원은 젠푸쿠지강을 따라 펼쳐진 광대한 녹지를 자랑한다. 공원 안에 스포츠시설도 있고 바비큐시설, 식사공간, 낚시터까지 있는 도쿄도립공원이다. 조깅하기에도 좋고 봄에는 벚꽃이 만개해 꽃놀이 장소로도 유명하다. 레저활동을 즐기기에 제격인 이곳에서 여가시간을 즐긴 뒤엔 목욕탕 '유가와고코로 요시노유'에서 피로를 푸는 것을 추천한다.

　JR고엔지역에서 에이후쿠쵸역永福町駅행 버스를 타고 약 10분. 한적한 주택가 사이에 목욕탕 건물이 조용히 서 있다. 요시노유는 10년 전에 리뉴얼 오픈했으며, 흑탕으로 유명한 '아자부코쿠비스이 온천 다케노유麻布黒美水温泉 竹の湯'의 자매점이다. 욕실 중앙에 욕조가 들어선 구조로, 관서지방에서는 자주 볼 수 있지만 도쿄에서는 상당히 드문 구조다. 요일에 따라 약탕을 실시하는데 내가 취재하러 간 날은 쑥탕이었다. 덕분에 쑥 향기가 욕실 전체에 가득 차 있었다.

　먼저 노천탕으로 향한다. 일본풍과 모던함을 혼합해 디자인한 노천탕에는 격자형 목재 천장이 들어서 있다. 바닥과 벽은 석재로 되어 있고 안쪽에는 작은 정원이 있어 일본의 전통 풍경을 즐길 수 있다. 커다란 반원형의 탄산천과 노천 냉탕,

그리고 두 개의 항아리탕이 있고 사우나도 마련되어 있다. 습기가 가득한 쾌적한 사우나와 시원하게 온도가 맞춰진 냉탕, 부드러운 거품의 탄산탕을 나란히 즐긴 뒤에는 정원 앞의 의자에 앉아 잠깐 휴식을 취한다. 쏟아지는 햇빛을 받은 한적한 욕실 풍경을 천천히 즐기면서 부드러운 바람에 몸을 맡기면 마음이 절로 평화로 워진다. 마치 와다보리공원의 자연 속에서 삼림욕을 즐기는 듯 상쾌하다.

항아리탕은 무려 본점인 다케노유에서 2톤 트럭으로 운반해온 온천수다. 수요 일과 목요일에만 항아리탕을 만날 수 있다. 흑탕의 온수를 듬뿍 넘치게 하면서 어 깨까지 깊숙이 들어가 봤다. 가장자리에 머리를 얹어 정원의 녹음을 바라보고 있 자니 자연과 하나가 된 기분이다.

목욕을 마친 뒤 로비로 향한다. 요시노유는 생맥주도 제공하고 있는데 주문하 면 작은 안주도 함께 나온다. 왠지 기분 좋은 추가 서비스를 받은 느낌. 자연에 둘 러싸인 노천탕에서 목욕을 마치고 즐기는 생맥주라니, 역시 최고다. 로비에는 마 사지 코너도 있으니 여기서 그간의 피로를 푸는 것도 좋다. 주말에 소풍 가는 기분 으로 찾아갈 수 있는 도심 속 오아시스 같은 목욕탕이다. 🦆

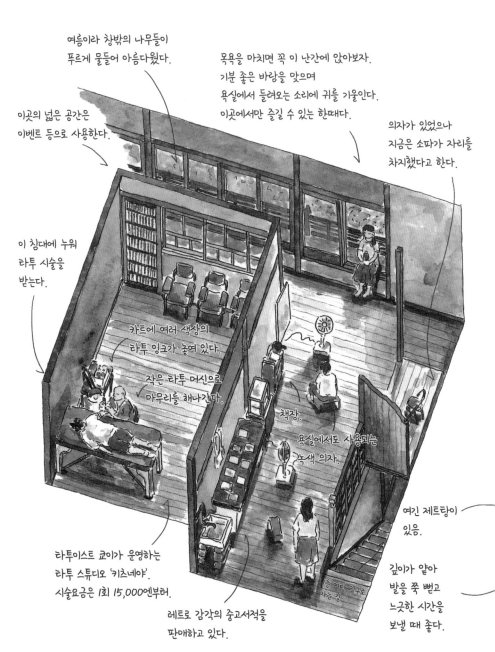

여름이라 창밖의 나무들이 푸르게 물들어 아름다웠다.

목욕을 마치면 꼭 이 난간에 앉아보자. 기분 좋은 바람을 맞으며 욕실에서 들려오는 소리에 귀를 기울인다. 이곳에서만 즐길 수 있는 한때다.

이곳의 넓은 공간은 이벤트 등으로 사용한다.

의자가 있었으나 지금은 소파가 자리를 차지했다고 한다.

이 침대에 누워 타투 시술을 받는다.

카트에 여러 색상의 타투 잉크가 놓여 있다.

작은 타투 머신으로 마무리를 해나간다.

책장.

욕실에서도 사용되는 녹색 의자.

여긴 제트탕이 있음.

깊이가 얕아 발을 쭉 뻗고 느긋한 시간을 보낼 때 좋다.

타투이스트 쿄이가 운영하는 타투 스튜디오 '키츠네야'. 시술요금은 1회 15,000엔부터.

레트로 감각의 중고서적을 판매하고 있다.

층 여닫이입구로 아는 길

전기탕(41.5도). 누르고, 주무르고, 두드리는 것을 반복하는 전자마사지 목욕기계가 있다. 조명에 번개마크가 붙어 있다.

scale=1/70

070

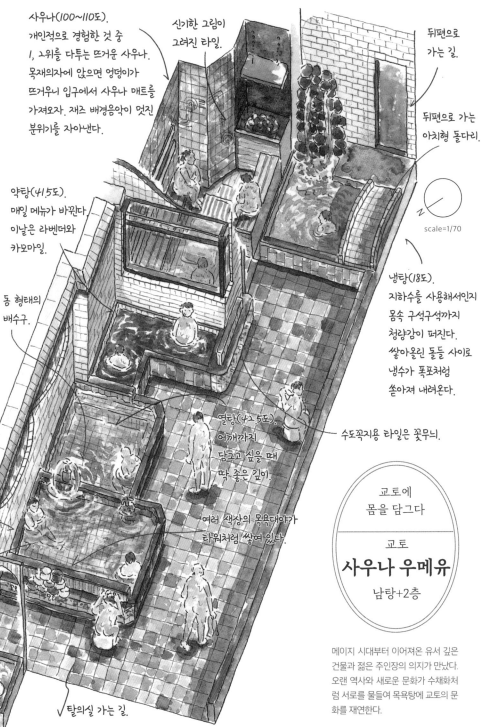

사우나(100~110도).
개인적으로 경험한 것 중
I, 2위를 다투는 뜨거운 사우나.
목재의자에 앉으면 엉덩이가
뜨거우니 입구에서 사우나 매트를
가져오자. 재즈 배경음악이 멋진
분위기를 자아낸다.

신기한 그림이
그려진 타일.

뒤편으로
가는 길.

뒤편으로 가는
아치형 돌다리.

scale=1/70

약탕(41.5도).
매일 메뉴가 바뀐다.
이날은 라벤더와
카모마일.

동 형태의
배수구.

냉탕(18도).
지하수를 사용해서인지
몸속 구석구석까지
청량감이 퍼진다.
쌓아올린 돌들 사이로
냉수가 폭포처럼
쏟아져 내려온다.

열탕(42.5도).
어깨까지
담그고 싶을 때
딱 좋은 깊이.

수도꼭지용 타일은 꽃무늬.

여러 색상의 목욕대야가
타워처럼 쌓여 있다.

교토에
몸을 담그다

교토
사우나 우메유
남탕+2층

탈의실 가는 길.

메이지 시대부터 이어져온 유서 깊은
건물과 젊은 주인장의 의지가 만났다.
오랜 역사와 새로운 문화가 수채화처
럼 서로를 물들여 목욕탕에 교토의 문
화를 재연한다.

교토에 몸을 담그다

교토는 과거와 현재가 공존하는 도시다. 건축 강의를 듣기 위해 교토를 여러 번 방문한 적이 있다. 아담하고 그윽한 정취의 신사와 절이 들어선 거리 사이사이 예쁜 카페와 세련된 상점이 나란히 함께 있다. 오랜 역사를 간직한 도시에 새로운 문화가 채색된 모습이 마치 수채화를 보는 것 같다. 그런 교토의 이미지가 잘 응축된 목욕탕이 바로 우메유다.

메이지 시대에 교토 고조라쿠엔에서 영업을 시작한 우메유는 옛 일본식 2층 건물로 느긋하게 흐르는 다카세강과 닿아 있다. 입구에는 '사우나 우메유'라고 적힌 네온사인이 밝게 빛난다. 현재 이곳을 운영하는 미나토 사부로는 스물여덟 살로 대학시절 목욕탕의 매력에 빠져들었다고 한다. 많은 목욕탕이 폐업하고 있는 현실을 목도하고 2015년부터 본격적으로 목욕탕 경영에 뛰어들었다. 그는 "사라져가는 목욕탕을 조금이라도 남기고 싶다"라는 일념으로 새로운 도전들을 계속하고 있다. 욕실에서 라이브를 개최하거나 목욕탕 프랜차이즈를 설립하는 등 유구한 역사를 자랑하는 건축물에 새로운 문화를 심어나가고 있다.

이러한 노력을 목욕탕 곳곳에서 발견할 수 있다. 붉은 갈색의 현관은 전통 양식이지만 최근 인기 있는 영화 포스터나 일러스트가 걸려 있고, 목욕탕과 관련된 예쁜 상품들이나 헌책들이 진열되어 있다. 욕실은 관동지방에서는 보기 힘든 색감의 타일로 마감했다. 거울은 옛날 스타일이지만 최신 광고가 걸려 있고 멋지게 디자인된 로고가 붙어 있다. 이런 '교토다움'을 즐기면서 뜨거운 사우나와 냉탕을 번갈아 들어가 몸의 긴장을 완전히 푼다. 슬슬 2층의 안내판이 눈에 들어온다. 2018년 여름 오픈한 2층 공간에는 누구나 사용할 수 있는 휴게실과 이벤트 공간, 단골손님을 위한 타투샵 등을 만들어 의욕적인 시도들을 이어가고 있다.

휴게실의 목재 창문이 활짝 열려 있었다. 난간에 걸러앉았다. 나무를 흔드는 따듯한 여름의 밤바람과 다카세강의 물 흐르는 소리, 욕실에서 간간히 들려오는 말소리, 자전거를 타고 돌다리를 건너 목욕탕을 찾아오는 학생들…. 긴장이 풀린 몸을 더욱 편안하게 해주는 풍경들은 우메유를 찾는 또 하나의 즐거움이다. 교토에 흠뻑 담가진 몸이 이대로 여름밤 속으로 녹아들어 갈 것 같은 기분을 느꼈다. 🦆

마니아들이
사랑하는 온천

미에 이가

쇼와 레트로
온천 이치노유

여탕

'쇼와 레트로'라는 세계관과 화려한
팝컬러의 욕실이 매력적이다. 많은
목욕탕 마니아들이 추천하는 곳으로
목욕탕을 좋아하는 사람이라면 꼭 한
번은 들러야 할 곳.

약탕(42도).
계절에 따라 입욕제가 다르다.
온도는 조금 미지근해 느긋하게
즐길 수 있다.

여기서 온수가 나온다.

후지산과 바다가
그려진 타일 그림.

이치노유 욕실의 타일은
종류가 정말로 다양하다!
앉는 곳 옆의 타일은 잘 보면
동물이나 장미가 그려져 있다.

이 욕조는 조금 얕은 편.
바닥에 꽃 모양으로 배치된
육각형 타일이 귀엽다!

입식 샤워.

탈의실에서 들어오는
입구도 세련됐다.
아르누보를 떠올리게
되는 유기적인 세공이
아름답다.

뒤편에 작은 세면대가 있고
목욕대야와 의자가 쌓여 있다.

탈의실 가는 길.

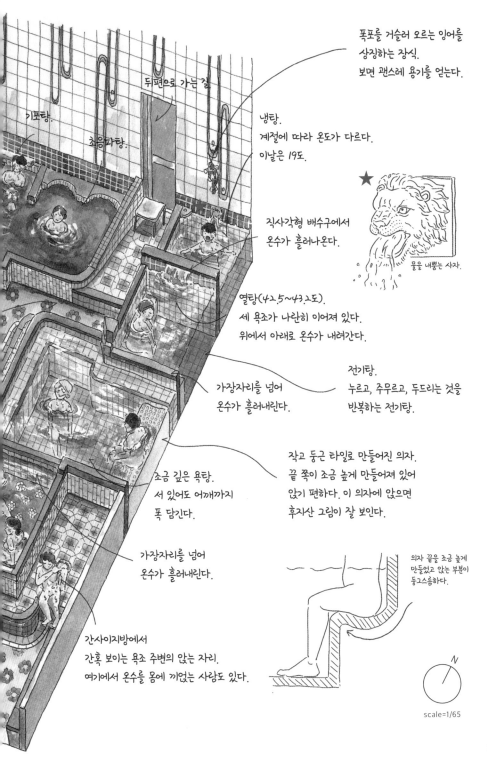

폭포를 거슬러 오르는 잉어를
상징하는 장식.
보면 괜스레 용기를 얻는다.

뒤편으로 가는 길.

기포탕.

초음파탕.

냉탕.
계절에 따라 온도가 다르다.
이날은 19도.

직사각형 배수구에서
온수가 흘러나온다.

★

물을 내뿜는 사자.

열탕(42.5~43.2도).
세 욕조가 나란히 이어져 있다.
위에서 아래로 온수가 내려간다.

가장자리를 넘어
온수가 흘러내린다.

전기탕.
누르고, 주무르고, 두드리는 것을
반복하는 전기탕.

작고 둥근 타일로 만들어진 의자.
끝 쪽이 조금 높게 만들어져 있어
앉기 편하다. 이 의자에 앉으면
후지산 그림이 잘 보인다.

조금 깊은 욕탕.
서 있어도 어깨까지
폭 담긴다.

가장자리를 넘어
온수가 흘러내린다.

의자 끝을 조금 높게
만들었고 앉는 부분이
둥그스름하다.

간사이지방에서
간혹 보이는 욕조 주변의 앉는 자리.
여기에서 온수를 몸에 끼얹는 사람도 있다.

N

scale=1/65

마니아들이 사랑하는 온천

목욕탕 마니아들에게 목욕탕을 추천해달라고 하면 공통적으로 자주 언급되는 곳이 바로 미에현의 이치노유다. 미에의 이가伊賀지역, 이가선 완행열차를 타고 가야마치역茅町駅에서 내리면 '이치노유까지 268걸음'이라는 간판이 눈에 띈다. 이 간판을 따라 걷다보면 핑크색의 요염한 빛을 내뿜는 이치노유의 네온사인이 나타난다. 석재기둥에 걸린 네온사인 뒤로 기와지붕이 올라간 목욕탕 건물이 있다. 목조로 된 고풍스런 목욕탕과 현대미술 스타일의 간판이 어우러진 풍경에 흥분을 감출 수 없다. 예쁜 각도를 찾아 몇 장이고 사진을 찍은 뒤 두근거리는 가슴을 안고 커다란 천 가림막 아래를 지나 목욕탕으로 들어선다.

　입구를 지나 바로 카운터가 나온다. 그 뒤로 탈의실이 있다. 다다미가 깔린 옛 일본식 탈의실 안에는 쇼와시대의 감각이 넘쳐나는 포스터와 모던한 가구들이 있고 배경음악은 그 당시 유행하던 가요곡이다. 충만한 레트로 감수성으로 빈틈없이 완성된 세계관을 자랑한다. 카운터 앞에는 이치노유에서 제작한 자체 수건과 일본 나막신, 조금씩 잘라서 판매하는 무첨가 수제 비누, 간식과 아이스크림 판매대 등이 들어서 있어 탈의실에서 계속 놀고 싶은 마음을 억누르고 욕실로 향한다.

도쿄의 목욕탕은 욕실 중앙에 욕조가 있는 것이 일반적이지만 이치노유는 남탕과 여탕을 가르는 벽을 사이에 두고 여러 욕조가 배치되어 있다. 욕실 안은 과감하고 다양한 색상의 타일을 조합해서 사용했으며, 잉어가 폭포를 뚫고 오르는 듯한 장식까지 있어 활기찬 분위기를 연출한다. 깊은 욕조와 몸을 누일 수 있는 얕은 욕조가 있어 번갈아 즐길 수 있다. 가장 깊은 욕조에는 층계가 있는데, 이곳에 걸터앉으면 눈앞에 후지산 타일 그림이 펼쳐진다. '여기서 보는 걸 노렸구나!' 하는 생각이 들어 특등석에 앉은 기분이다.

목욕을 충분히 즐긴 뒤 목욕탕 주인 나카모리를 인터뷰했다. 인터뷰 가운데 "즐거움을 추구하는 것이 중요하다"는 말이 인상적이었다. 지극히 세부적인 것까지 신경을 쓴 디자인과 관련 상품들, 이치노유의 창고에서 개최하는 축제 등은 고객 유치를 위한 것이 아니다. '즐거움'을 추구하는 경영자의 신념에서 비롯된 결과다. 이런 신념이 잘 구현된 덕에 이치노유는 목욕탕 마니아들 사이에서 꾸준히 사랑을 받고 있다. 미에현에서 완행열차를 타야 해서 접근성이 좋진 않지만 몇 번이고 찾아오고 싶은 명소다. 과연 목욕탕 마니아들의 마음을 사로잡은 매력적인 곳이다.

Column 2

냉온욕을 해보세요

목욕탕이 취미가 되면 여러 목욕탕을 찾아다니게 되고 점점 어떻게 하면 목욕탕에서 최대치의 즐거움을 뽑아낼지 연구하게 됩니다. 그때 추천하고 싶은 것이 있어요. 바로 냉온욕(交互浴; 교호욕)이에요.

냉온욕은 온탕과 냉탕을 번갈아 들어가는 입욕법입니다. 온탕에서 넓어진 혈관을 냉탕에서 수축하는 것을 여러 번 반복하면 혈관이 마치 펌프처럼 작용해서 온몸이 혈액순환됩니다. 혈액순환 촉진은 피로 회복과 어깨 결림에 효과가 있어요. 무엇보다 체감할 수 있는 효과는 스트레스가 줄어든다는 것입니다. 제가 직장을 휴직하고 줄곧 우울한 나날을 보내고 있을 때 냉온욕이 큰 도움이 됐거든요. 물 먹은 스펀지마냥 무겁게 느껴지던 몸이 놀랄 만큼 가벼워졌고, 짐을 지고 있는 것처럼 묵직하던 가슴도 어느 순간 가벼워

졌습니다. 신기하게도 우울했던 마음이 점차 잦아들어 조금씩 긍정적으로 변해갔어요. 이런 변화 때문에 더더욱 목욕탕에 빠져들게 되었지요. 여러분도 목욕탕에 가면 꼭 냉온욕을 한번 해보길 추천해요.

사실 냉탕에 들어가는 것에는 다소 용기가 필요합니다. 두렵다는 사람도 적지 않을 거예요. 저도 처음에는 그랬거든요. 팁을 주자면, 처음부터 무리하게 몸 전체를 냉탕에 넣을 필요는 없어요. 첫 시도는 손발을 넣어보는 것으로 충분합니다. 그것만으로도 몸을 식히는 효과가 있어서 조금씩 변화가 느껴질 거예요. 그러

※ 심장질환, 고혈압이 있거나 컨디션이 좋지 않은 날에는 피한다. 자신의 컨디션을 잘 살펴 무리하지 말고 페이스에 맞춰 즐긴다.

처음엔 손과 발을 넣는 걸로 충분하다.

냉탕. 상쾌하다고 느낄 만큼만 들어가 있자. (장시간 입욕은 금물!)

이걸 2~4세트 반복

냉온욕

열탕. 몸이 충분히 덥혀질 때까지 들어가 있자.

다 보면 '또 해보고 싶은데?', '좀 더 도전해볼까?' 하는 마음이 드는데, 이것이 중요해요.

냉온욕에 익숙해지면 뜨거운 탕에서 충분히 몸을 덥힌 뒤 냉탕에서 상쾌하다고 느낄 만큼 시간을 보내고 미지근한 탕이나 의자에 앉아 휴식하는 것을 권해요. 이렇게 하면 냉탕에서 수축됐던 혈관이 조금씩 열리는 게 느껴지는데, 그 느낌은 무엇과도 바꿀 수 없습니다. 저는 이 감각이 냉온욕의 가장 즐거운 순간이라고 생각해요.
이걸 한 세트로 삼아 2~4세트 정도를 반복하면 몸의 변화를 느낄 수 있답니다. 주의할 점은 냉온욕은 몸에 부담을 줄 수도 있는 입욕법이니 심장질환이 있거나 컨디션이 좋지 않은 날에는 피하는 것이 좋아요. 그날의 컨디션에 맞춰 시도하세요.

냉온욕의 효과를 충분히 느낄 수 있게 됐다면 사우나도 추천해요. 같은 원리로 사우나에서 충분히 몸을 덥힌 후 냉탕으로 들어간 뒤 휴식(노천탕이 있다면 바깥바람을 쐬는 것을 추천)하는 것을 2~4세트 반복합니다. 몇 분씩 들어가야 한다는 식으로 정해진 시간은 없지만 저는 사우나는 이마에 맺힌 땀이 턱을 타고 내려와 떨어질 때까지, 냉탕은 목 안쪽에서 냉기가 느껴질 때까지 시간을 보내곤 해요. 각자에게 맞는 간격을 찾아 즐기세요.

사우나의 경우 목욕탕마다 설비가 크게 달라요. 깜짝 놀랄 만큼 뜨거운 곳도 있고, 온도는 높지 않지만 습도가 높은 곳도 있습니다. 또한 달궈진 돌에 물을 끼얹어 수증기를 발생시키거나 수건을 펄럭펄럭 흔들어 뜨거운 바람을 만드는 곳도 있어요. 사우나 또한 깊이 파고들수록 다양한 즐거움이 있지요.

저는 냉온욕과 사우나를 알게 되면서 목욕탕에서 보내는 시간이 점점 길어졌답니다. 동시에 목욕탕에 대한 애착도 깊어졌어요. 이것도 목욕탕을 즐기는 수천 가지 방법 중 하나에 불과하니 꼭 당신만의 목욕탕 향유법을 찾아내길 바랍니다.

치
이
익~

로일리

가열한 돌에 물을 뿌려
수증기를 발생시키는 핀란드식 사우나.
체강 온도가 올라가 땀을 흠뻑 낼 수 있다.

물(아로마를 섞기도 한다).

사우나 모자.

스토브로 가열한 돌.

뜨거운 바람.

수건.

아우프구스

목욕수건을 흔들어 뜨거운 바람을
목욕하는 사람에게 보내는 퍼포먼스.
발상지는 독일이다.

제3장

궁극의 목욕탕

마스터 코스

이곳까지 다 가봤다면 당신도 목욕탕 마스터!
목욕탕의 종지부를 찍고 싶은 사람에게 추천하는
파고들수록 매력 넘치는 목욕탕 5곳

지중해 도시 풍경을 그린 타일 그림.
목욕탕 주인 모친의 취향이라고 한다.

N
scale=1/55

약탕(42~45도).
손님이 매일 찾아와도 질리지 않도록
유니크한 약탕을 매일 바꿔가며 제공한다!
스카이트리의 조명에서 영감을 얻어
그린→블루→퍼플→화이트로
매 순간 욕조 안의 물 색깔이
바뀐다!

제트탕.
옆 욕조와 이어져 있어
약탕도 즐길 수 있다.

이 세 개는 손으로 직접
쥐는 샤워기.

샴푸와 바디워시도
완비.

뒤편으로 가는 길.

바닥에 앉아 몸을 씻는
사람도 많다.

이 벽에는 유럽의 성을
그린 벽화가 있다.

★ 냉탕(18~22도).
샘물을 이용한 냉탕.
타일이 갈색이라
물이 갈색처럼 보인다.

벽에 목욕탕 공지사항과 약탕 일정표가 걸려 있으며, 고토부키유, 하기노유, 야쿠시유에서 공개하는 연재만화 등 다양한 게시물이 붙어 있다. 목욕을 즐기며 하나씩 읽어보는 것도 재밌다.

남탕엔 개구리 장식이 숨어 있다.

입식 샤워. 사우나 바로 앞에 샤워기가 있어 행복하다.

안쪽에 마사지용 냉수가 있다. 정수리로 물을 맞는 상쾌함!

즐길 거리가 넘쳐나는 목욕탕

도쿄 스미다
야쿠시유
여탕

사우나(여탕 95도/남탕 100도). 편백향을 듬뿍 즐길 수 있는 사우나. 남탕은 때때로 목욕탕 주인이 직접 들어와 퍼포먼스(가열한 돌 위에 대야 한가득 물을 뿌려 수증기가 솟아 올라오게 한 뒤 목욕수건을 펄럭여 손님에게 보낸다)를 진행한다.

도쿄 스카이트리 조명처럼 매 순간 색깔이 바뀌는 '타워 욕조'와 다양한 입욕제를 섞은 '똠얌꿍탕' 등 새로운 시도에 주목하시라!

즐길 거리가 넘쳐나는 목욕탕

목욕탕 도감을 열심히 그려나가던 어느 날 문득 특색 있는 욕조를 그리고 싶다는 생각이 들었다. 목욕탕 수면의 파문이나 그러데이션을 표현하기에 수채화 특유의 번짐이 적합해 주로 투명수채화를 사용하는데, 이 특징을 좀 더 부각해서 그려보고 싶었다. 그때 도쿄의 야쿠시유가 떠올랐다. 야쿠시유는 도쿄 스카이트리역에서 도보로 2분 거리에 있다. 목욕탕 앞에서 목을 끝까지 젖히지 않으면 타워 꼭대기가 보이지 않을 정도로 가깝다.

개점 전에 목욕탕을 둘러볼 시간을 배려받았다. 목욕탕 주인과 함께 우선 욕조 시설을 둘러보기로 했다. 욕조 앞에서 잠시 기다리고 있으니 파란 온수가 쏟아져 나오기 시작했다. 옅은 녹색의 욕조가 눈 깜짝할 사이에 파랗게 물들어 간다. 흥분을 감추지 못하고 사진을 찍고 있으니 "자, 그럼 다음 코스!"라고 외치는 목욕탕 주인. 다음엔 무슨 일이 벌어질까 두근거리는 마음으로 기다리자 이내 질은 보라색 온수가 나오기 시작했다. 그대로 파란 온수를 밀어내 욕조 전체를 보라색으로 물들어 갔다. 다시 몇 분이 흐르자 이번엔 하얀 온수가 나오며 옅어진 보라색을 밀어내고 새하얀 백탕이 되어갔다. 계속해서 색깔이 변하는 이 욕조는 '타워 욕조'라는 이름이 붙어 있다. 여러 색상의 조명을 밝히는 스카이트리를 재현한 것으로 세 가

지 색깔의 입욕제를 시간차를 두고 여과기에 투입해 욕탕을 색색으로 물들인다. 이외에도 호박탕이나 보졸레 누보 와인탕 등 특색 있는 욕조를 운영하며, 코코넛, 우유, 고추, 생강, 레몬그라스, 고수 등 여러 입욕제를 섞은 '똠양꿍탕'은 약탕의 개념을 뒤흔든다.

심지어 프로레슬링 애호가인 주인은 직접 목욕탕 내에서 경기를 시연하기도 한다. 달궈진 돌에 물을 끼얹어 수증기를 만드는 사우나 설비도 있고 야구팀에서 힌트를 얻어 만든 욕조 등 "고객을 즐겁게 하고 싶다"는 주인의 신념이 곳곳에 담겨 있다. 손님뿐만 아니라 본인도 즐길 수 있는 공간으로 목욕탕을 운영하려는 주인의 도전적인 자세가 인상적이었다.

취재를 마치고 드디어 입욕 시간! 목욕도 물론 좋았지만 새로 지은 사우나의 설비가 실로 알찼고, 냉탕에 따로 정수기 마사지 설비도 있었다. 목욕탕 달력을 보니 개성만점의 계획들로 가득 차 있어 '다음엔 어느 날에 올까?' 설레는 마음으로 일정을 골랐다. 상쾌한 기분으로 카운터에 들러 인사를 하니 입욕제를 선물로 받았다. '마지막까지 입욕제 선물이라니!' 미소를 지으며 목욕탕을 나섰다. 🦆

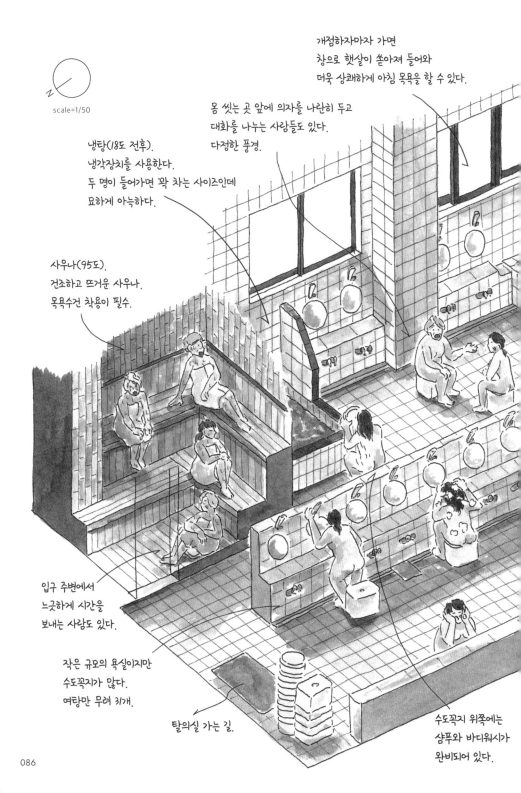

scale=1/50

개점하자마자 가면
창으로 햇살이 쏟아져 들어와
더욱 상쾌하게 아침 목욕을 할 수 있다.

몸 씻는 곳 앞에 의자를 나란히 두고
대화를 나누는 사람들도 있다.
다정한 풍경.

냉탕(18도 전후).
냉각장치를 사용한다.
두 명이 들어가면 꽉 차는 사이즈인데
묘하게 아늑하다.

사우나(95도).
건조하고 뜨거운 사우나.
목욕수건 착용이 필수.

입구 주변에서
느긋하게 시간을
보내는 사람도 있다.

작은 규모의 욕실이지만
수도꼭지가 많다.
여탕만 무려 31개.

탈의실 가는 길.

수도꼭지 위쪽에는
샴푸와 바디워시가
완비되어 있다.

086

초음파탕(42도).
수심이 얕아
발을 쭉 뻗을 수 있는
널찍한 욕탕.

적기탕(42도).
조금 강한 편.
라듐 온천석을
통과시킨 온수의
촉감이 부드럽다.

열탕(45도).
온도가 높아 가장 먼저 이 욕조에
들어간다면 피부가 따갑다고 느낄
정도다. 단골 아주머니들이
"아가씨가 괜찮아?"라고
걱정해주기도 한다.

LED가 붉게
빛난다!

잘 보면
라듐 온천석이 숨어 있다.

뒤편으로 가는 문.

어깨까지
들어가면
너무 뜨거우니
가장자리의
계단을 이용해
반신욕을
추천함.

흑탕 덕에 욕조
주변이 갈색으로
멋지게 물들어
있다.

저온흑탕(42도).
이곳에서 어느 정도 뜨거운 온도에 익숙해진 뒤
열탕으로 가는 것이 베스트다.
수면에서 3센티미터만 내려가도 아무것도
안 보이니 소지품을 잃어버리지 않도록 조심하자.

과거로
떠나는 시간여행

도쿄 가마타
가마타 온천
여탕

입구 벽면에는
커다란 타일 그림이 있다.
산과 강을 나타낸 그림인 듯.

목욕탕 입구의 빨간 아치 아래를 지
나는 순간 쇼와시대로 시간여행을 떠
난다. 흑탕온천에서 단골과 담소를
나누고 빨간 융단이 깔린 연회장에서
옛 정취를 맘껏 느껴보자.

과거로 떠나는 시간여행

JR가마타역蒲田駅에서 내려 남쪽으로 향한다. 아이들이 뛰어노는 정원이 있는 주택 단지를 지나 좀 더 걷다 보면 돌연 새빨간 아치형 간판이 등장한다. 둥근 고딕체의 '가마타 온천' 글자 사이로 만면에 미소를 띤 귀여운 사자 캐릭터가 손을 들고 사람들을 불러 세운다. 목욕탕 입구에 단골로 보이는 아저씨가 앉아 밤바람을 맞고 있었다. 안으로 들어서니 로비가 보이고 바닥에는 붉은 융단이 깔려 있다. 카운터 정면에 목욕수건과 오리지널 티셔츠를 판매하는 커다란 유리 진열장이 보였다. 유리블록으로 둘러싸인 대합실에는 방금 목욕을 마친 손님이 목에 두른 수건으로 연신 땀을 닦고 있다. 마치 시간여행을 떠나 한 세대 전 어느 지방의 온천에 온 것만 같다.

접수를 하고 욕실로 향한다. 길고 가는 구조의 욕실에서 단골손님들끼리 서로 등을 씻어주거나 샤워 공간에 걸터앉아 담소를 나누고 있다. 안쪽에는 초음파 탕과 전기탕, 명물 흑탕욕조 두 개가 있다. 열탕인 흑탕에 들어가니 피부를 자극하는 뜨겁고 질은 질감의 온수가 느껴졌다. 금세 행복감이 밀려온다. 냉탕을 오가며 온도가 높고 습도는 낮은 사우나를 즐긴 뒤에 2층으로 향했다.

가마타 온천 2층은 연회장이다. 붉은 융단이 깔린 연회장에 좁고 긴 테이블이

쭉 들어서 있고, 안쪽에는 무대가 마련되어 있다. 벚나무가 배경으로 그려진 무대에는 연두색 커튼이 양옆으로 걷혀 있고, 노래방 기기도 있다. 오늘은 직립부동의 자세로 트로트를 부르는 아내와 박수갈채를 보내는 남편이 여흥을 즐기고 있었다. 접수할 때 받은 유카타를 입은 채로 누워 있는 사람도 있어 아무리 봐도 21세기 도쿄에서 펼쳐지고 있는 광경이라고는 믿기지 않는다.

목욕탕 취재에 동행한 친구들과 트로트를 배경음악 삼아 생맥주로 건배했다. 이곳은 솥밥과 소바도 일품이어서 빈 술잔이 점점 늘어간다. 적당히 취기가 오르자 우리도 한 곡쯤 부르고 싶어졌지만 당최 단골손님들이 마이크를 내려놓지 않는다. 틈을 노려 노래 예약에 성공했다. 번갈아가며 노래를 부르다가 마지막엔 듀엣을 부를 정도로 사이가 좋아졌다. 그러는 사이 밤이 깊어져 그대로 해산했다.

뜨거운 흑탕에서 단골손님들과 담소를 나누고 따뜻하고 나른해진 몸으로 옛 정취가 가득한 연회장에서 맥주로 건배, 트로트를 부르다 듀엣으로 대단원의 막을 내리다니, 역시 현대의 도쿄라고는 믿을 수 없다. 오직 가마타 온천에서만 즐길 수 있는 시간이었다.

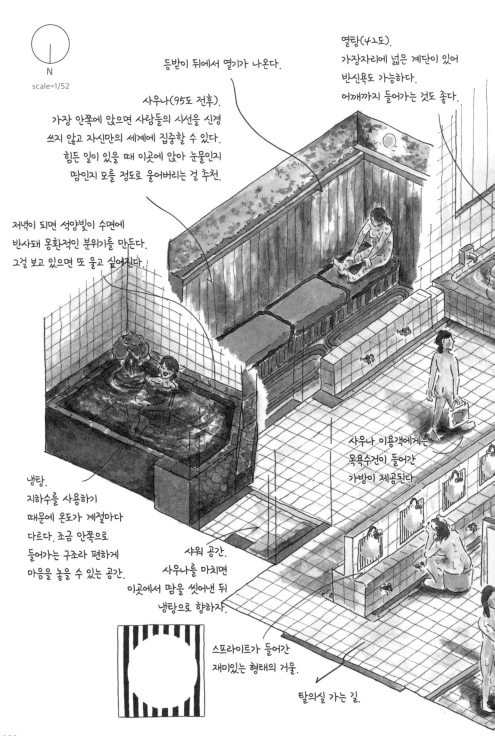

N
scale=1/52

등받이 뒤에서 열기가 나온다.

열탕(42도).
가장자리에 넓은 계단이 있어
반신욕도 가능하다.
어깨까지 들어가는 것도 좋다.

사우나(95도 전후).
가장 안쪽에 앉으면 사람들의 시선을 신경
쓰지 않고 자신만의 세계에 집중할 수 있다.
힘든 일이 있을 때 이곳에 앉아 눈물인지
땀인지 모를 정도로 울어버리는 걸 추천.

저녁이 되면 석양빛이 수면에
반사돼 몽환적인 분위기를 만든다.
그걸 보고 있으면 또 울고 싶어진다.

사우나 이용객에게는
목욕수건이 들어간
가방이 제공된다.

냉탕.
지하수를 사용하기
때문에 온도가 계절마다
다르다. 조금 안쪽으로
들어가는 구조라 편하게
마음을 놓을 수 있는 공간.

샤워 공간.
사우나를 마치면
이곳에서 땀을 씻어낸 뒤
냉탕으로 향하자.

스프라이트가 들어간
재미있는 형태의 거울.

탈의실 가는 길.

약탕(41도 전후).
입욕제 종류는 매일 무작위로 바뀐다.
이날은 레드와인탕.

20년 전 개장할
때 그린 타일
그림이라고 한다.
새 그림의 유래는
알 수 없다.
남탕의 새는
화이트&그레이.

계단에 앉는 형식의 제트탕.

녹색 의자는 둥글고 낮다.
좀처럼 보기 힘든 종류.

저녁이 되면 천장에서 석양빛이 들어와
샤워 공간의 그림자가 짙어진다.

울고 싶을 때
찾아가는 목욕탕

도쿄 무사시사카이
교난욕장
여탕

은은한 피아노곡이 고요히 울려 퍼지
는 길고 좁은 사우나는 상처 입은 마
음을 위로해주고, 지하수를 이용한
상쾌한 냉탕은 용기를 북돋아 준다.

울고 싶을 때 찾아가는 목욕탕

왠지 울고 싶을 때면 생각나는 목욕탕이 있다. JR무사시사카이역武蔵境駅에서 도보 5분 거리에 위치한 교난욕장이다. 주택가 한 가운데 길고 가늘게 목욕탕 굴뚝이 뻗어 있고, 현관에는 '동네 목욕탕'이라는 간판이 걸려 있다. 사람 앞에 서는 일이 많아서 혼자 있고 싶어질 때, 컨디션이 좀처럼 좋아지지 않을 때, 마음이 지쳐 울고 싶을 때 나는 꼭 이 목욕탕에 간다.

개점은 오후 4시. 이미 줄 서 있던 단골들과 함께 목욕탕에 들어선다. 카운터에서 입욕권과 사우나 이용료(200엔)를 내고 사물함 키와 목욕수건이 든 방수백을 건네받는다. 지쳐 있는 마음 때문인지 옷 갈아입는 것도 귀찮다. 무거운 발걸음을 옮겨 욕실로 향한다. 안에는 봉황으로 보이는 큰 새가 그려진 벽화가 있다. 벽화 앞에 세 개의 온탕이 있고 앞쪽에는 수도꼭지, 왼쪽에는 사우나와 냉탕이 있다. 이곳은 나이 지긋한 동네 어르신들이 많이 찾는 곳으로 어딘가 조용한 느낌이 든다.

수도꼭지 앞에 의자를 내려놓고 주저앉아 샤워기를 튼다. 머리카락에서 뚝뚝 떨어지는 물방울에 피로가 묻어나온다. 가볍게 몸을 씻고 사우나로 간다. 사우나는 가늘고 긴 구조로 한 단짜리 의자가 있고 의자 등받이 뒤에 열원이 설치되어 있다. 벽으로 둘러싸인 가장 안쪽에 자리 잡고 앉아 다리를 뻗고 고개를 숙인다. 아

무도 없는 사우나. 잔잔한 피아노 곡이 배경음악으로 들려온다. 부드럽게 몸 안쪽까지 덥혀주는 사우나의 온도가 지친 마음을 위로한다. 눈물이 조용히 흘렀다. 이곳의 공간과 소리와 온도가 나를 허용하고 받아들여주는 느낌이 가슴 깊은 곳까지 스며든다. 한바탕 운 뒤에 이마에서 흐르는 것이 땀인지 눈물인지 구분되지 않을 즈음 일어나 냉탕으로 간다. 냉탕은 욕실 가장 안쪽에 위치해 있고 좌우가 벽으로 막혀 있어 어쩐지 안심이 된다. 지하수를 이용해서 지나치게 차갑지 않으면서 몸을 천천히 깨워주는 느낌이다. 창문에서 들어온 햇빛이 수면에 반사되어 흔들린다. 흔들리는 빛과 수면의 아름다움에 마음도 흔들려 다시 조금 눈물이 나왔다. 냉탕을 나올 때쯤에는 가슴 속에 있던 무거운 짐은 어디론가 사라져 버린다.

나무 땔감으로 지하수를 덥힌 열탕과 매일 메뉴가 바뀌는 약탕을 즐긴 뒤 목욕수건(디자인이 꽤나 마음에 든다)으로 몸을 꼼꼼히 닦고 평소보다 조금 가볍게 화장을 한 뒤 밖으로 나섰다. "감사합니다." 수건을 반납할 때 나도 모르게 감사 인사가 나왔다. 올 때의 무거웠던 발걸음과는 정반대로 걸음이 가볍다. 눈앞의 난관은 아직 아무것도 해결되지 않았지만 이젠 어떻게든 할 수 있을 것 같은 기분이 든다.

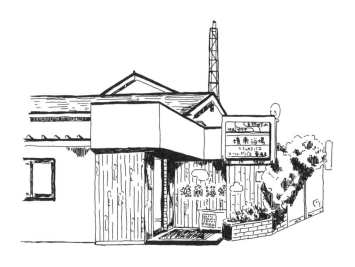

그곳에 가면
별천지가 있다

도쿄 요요기우에하라
다이코쿠유
남탕

요요기우에하라의 근사한 거리 뒤편
에는 아직 쇼와시대의 운치가 남아
있는 골목길이 있다. 마치 다른 세상
에 온 것 같은 목욕탕에서 받은 따뜻
한 마음이 정답다.

제트탕(42~43도).
손잡이로 세 구역으로 구분되어 있다. 앉아서 즐기는 제트탕.

욕조 안에 LED가!
선대 주인의 아이디어로
온탕 안에는 따뜻한 색 LED,
냉탕 안에는 차가운 색 LED가
설치되어 있다.

알프스지방의 풍경을
그린 듯한 타일 그림.
팝컬러의 무지개가 귀엽다.

위쪽에 설치된 파이프에서
물이 흘러내리는 구조의 마사지 냉수.
정수리에 맞으면 기분이 상쾌해진다.

냉탕(20도 전후).
지하수를 이용하고 있지만
검은 타일을 쓴 욕조여서 물이 검게 보인다.

냉탕.
사우나 옆에도 냉탕이 완비돼 있다.
여기는 마사지 냉수가 더블로 나온다!

높이가 조금 높아서
발을 둘 곳이 따로 마련되어 있다.

이 욕조는 다른 욕조보다
가장자리가 높은 편이다.

샤워 시설.
냉수에 들어가기 전엔
반드시 땀을 씻어내자.

사우나(90~100도).
조금 어둡고 아주 덥다!
습도가 낮고 온도가 높은 사우나.

사우나 입구의 글자가
멋지다.

SAUNA

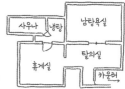

전기탕(42~43도).
찌릿한 느낌의 전기탕.
여탕은 욕조 가장자리에 앉아
미스트 사우나를 즐기는 사람도 있다.

이 파이프를 통해
미스트가 나온다.

미스트 사우나.
욕조 주변에 구획을 세워
벽 상부의 파이프로
미스트를 내보내고 있다.
욕조에 들어가
미스트 사우나를 즐기는
재미있는 구조.

교토의
유명한
산을 그린
타일 그림.

파란 문을 열고
미스트 사우나로
들어간다.

샤워 부스.
손으로 직접 잡는 사우나에 더 익숙한
젊은 층을 위해 고정 샤워기를 손으로
잡는 샤워기로 바꿨다고 한다.

탈의실 가는 길.

남탕 사우나는 욕실 밖에 있다.
과거에 운영하던 낚시터를 개조해
사우나와 휴게실을 만들었다고 한다.

N

scale=1/55

그곳에 가면 별천지가 있다

오다큐선 요요기우에하라역代々木上原駅에서 내려 몇 분 정도 걸었다. 멋들어진 카페와 옷가게가 즐비한 거리를 지나 뒷골목으로 들어서면 세탁기가 늘어선 쇼와시대의 옛 운치가 가득한 길이 갑작스럽게 등장한다. 다이코쿠유의 입구도 그 시대 그대로다. 투명한 함석이 비를 막아주는 천장에, 입구 양쪽에는 세탁기와 건조기가 들어서 있다. 중앙에는 작은 책상과 벤치가 무심하게 덩그러니 자리하고 있고 벽에는 수십 년 전 포스터와 빛바랜 사인지들이 장식되어 있다. 그리고 이유는 모르겠지만 복싱 티켓도 붙어 있다. 이 통로 가장 안쪽에 '목욕탕'이라고 적힌 천 가림막이 드리워져 있다. 이곳이 다이코쿠유의 입구다.

여탕 쪽으로 들어선다. 옆으로 긴 탈의실은 오른쪽에 사물함이 있고 왼쪽에는 거울이 있다. 조금 좁긴 하지만 고풍스런 헤어드라이어 두 대와 마사지기, 건강기구, 턱걸이기구 등이 알차게 들어서 있고 벽에는 일본화풍 일러스트, 포스터, 사인, 인형과 장식 등이 빽빽하게 장식되어 있다. 어느 쪽을 둘러봐도 엄청난 정보량에 압도되는 느낌이다. 여탕 욕실은 앞쪽에 수도꼭지가 있고 안쪽에 욕조, 오른쪽에 사우나가 있다. 녹색 반투명 가림막으로 구분된 공간은 미스트 사우나다. 전기

탕이 구비된 깊은 욕조가 있으며, 벽에 부착된 파이프를 통해 미스트가 항상 분출돼 목욕하면서도 사우나에 있는 기분을 느낄 수 있다. 제트탕 안엔 LED가 있어 수면이 요염한 붉은빛으로 빛나고 있다. 그 옆 냉탕은 파란색 LED다. 위쪽에 마련된 파이프에서는 항상 찬물이 흘러나온다. 사우나는 규모가 작은 편이며 의자는 2단이다. 단출하지만 땀을 흘리기엔 충분하다. 사우나를 즐기고 있으니 앞자리에서 대화를 나누던 아주머니들이 말을 걸어왔다. 개점 직후에 봤던 한 아주머니 이야기나 시부야구의 목욕탕 이야기로 초면이라고는 믿기 어려울 정도로 신나게 대화를 나눴다. 초면인 사람과 발가벗은 채로 자연스럽게 대화를 나눈다는 것 또한 목욕탕에서만 맛볼 수 있는 매력 중 하나다.

다이코쿠유는 오랫동안 그 공간을 함께해온 사람들과 마음 편히 대화를 나눌 수 있는 곳이다. 인정 많은 단골들이 다정하게 말을 걸어오고, 욕실에는 목욕탕 주인의 세심한 배려가 가득하다. 목욕을 마치고 상쾌하게 목욕탕을 나서면 마치 대반전처럼 요요기우에하라의 화려한 도시풍경이 눈앞에 펼쳐진다. 한바탕 꿈이라도 꾼 것 같다. 반짝이는 도시의 별천지 속에 다이코쿠유가 있다.

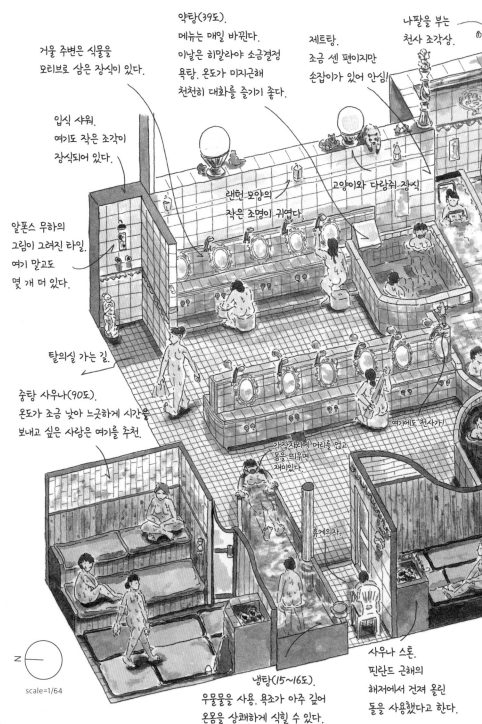

거울 주변은 식물을
모티브로 삼은 장식이 있다.

입식 샤워.
여기도 작은 조각이
장식되어 있다.

알폰스 무하의
그림이 그려진 타일.
여기 말고도
몇 개 더 있다.

탈의실 가는 길.

중탕 사우나(90도).
온도가 조금 낮아 느긋하게 시간을
보내고 싶은 사람은 여기를 추천.

약탕(39도).
메뉴는 매일 바뀐다.
이날은 히말라야 소금결정
욕탕. 온도가 미지근해
천천히 대화를 즐기기 좋다.

제트탕.
조금 센 편이지만
손잡이가 있어 안심!

나팔을 부는
천사 조각상.

랜턴 모양의
작은 조명이 귀엽다.

고양이와 다람쥐 장식.

여기에도 천사가!

가장자리에 머리를 얹고
몸을 띄우면
재미있다.

휴게의자.

scale=1/64

냉탕(15~16도).
우물물을 사용. 욕조가 아주 깊어
온몸을 상쾌하게 식힐 수 있다.

사우나 스톤.
핀란드 근해의
해저에서 건져 올린
돌을 사용했다고 한다.

무려 5마력의 위력을 자랑하는 최강 제트탕!
무시무시한 위력으로 당신의 등에 물보라를 일으킨다.

온탕(여름 40도/겨울 41도).
광활한 욕탕!
첨벙첨벙 소리를 내며 욕탕 안을
걸어가는 것도 즐겁다.

원형 기둥 아래에서
온수가 흘러나온다.

앉아서 즐기는 제트탕.

남쪽 섬나라를 연상시키는
해변 타일 그림.

이쪽은 누워서 즐기는
타입의 제트탕.

항아리를 든
여성 조각상.

버튼을 누르면
사방에서 온수가
뿜어져 나온다!

베르사유 궁전이 연상되는 기상천외
한 목욕탕. 화려함에만 시선을 뺏기기
쉽지만 욕탕의 퀄리티나 고객 서비스
도 만점이다. 그야말로 지상낙원.

마사지 온수.
공간이 좁아
마음이 안정된다.

온수로 어깨를
자극하는 제트탕.

전기탕.
주무르기와 쥐기를 선택할
수 있는 버튼이 있다.

한방탕(43도).
한방을 사용한 욕탕.
조금 뜨거운 편으로
땀을 푹 낼 수 있다.

사우나
(여탕 110도/남탕 120도).
비범한 열기!
건식 사우나로
땀을 잔뜩 흘릴 수 있다.

★ 아래에서 거품이
올라오는 탕.
'버블폭발탕'이라는
안내문이 붙어 있다.

목욕탕계의 지상낙원

평범한 주택단지가 이어진 길을 걷다가 느닷없이 새하얀 조각상과 핑크색 장식이 있는 건물이 나타난다. 전혀 목욕탕처럼 보이지 않는 이곳은 목욕탕 구아팔레스다. 그리스풍 기둥 입구를 통해 안으로 들어가 카운터로 향하니 작은 토이푸들 한 마리가 다소곳하게 앉아 있다. 입욕비를 지불하자 강아지가 손을 핥아준다. 인상파 화풍의 그림들이 걸린 복도를 지나 여탕으로 향한다.

화려한 샹들리에, 파스텔컬러의 벽지, 백색 나신상, 촛불모양의 조명, 근사한 스테인드글라스가 들어간 선루프 등의 내부 인테리어가 시선을 압도한다. 탈의실마저도 로코코 양식이 떠오르는 장엄한 세계관으로 통일되어 있다. 그야말로 기상천외하다. 욕실에는 핑크색 장식으로 가득 찬 샤워 공간이 세 줄로 들어서 있고 그 안쪽에는 남쪽의 휴양지를 연상케 하는 타일 벽화가 있다.

욕조의 종류도 놀라울 정도로 다양하다. 약탕, 제트탕, 자쿠지, 전기탕, 뜨거운 사우나, 미지근한 사우나, 그리고 대형탕 안쪽에 아직 공간이 남아 있다. 무릎 높이의 욕조 통로를 지나면 안쪽 벽에 핸들과 의미심장한 스위치가 보인다. 호기심

에 스위치를 누르니 사방팔방에서 온수가 쏟아져 나왔다. 배 쪽을 자극해주니 다이어트 효과가 있을지도 모르겠다. 제트탕에는 '5마력'이라고 호기롭게 적힌 안내장이 붙어 있다. 조심스럽게 스위치를 누르니 '고오오' 하는 소리와 함께 제트가 발사되어 몸이 앞쪽 손잡이까지 날아가 버리고 말았다. 엄청난 위력의 제트탕. 살면서 경험한 것 중 가장 강력했다. 이외에도 미지근한 사우나에서 영화를 보기도 하고 약탕에서 느긋하게 시간을 즐기기도 하면서 특색 넘치는 목욕탕을 만끽했다.

구아팔레스는 화려한 장식이 다가 아니다. 모든 욕탕의 퀄리티가 매우 높고 세심한 배려도 곳곳에서 느낄 수 있어 꼭 한번 방문해보길 추천한다. 초강력 제트탕과 세 대나 들어선 욕실의 텔레비전, 불이 들어오는 샤워헤드 등 목욕탕을 향한 주인의 열렬한 애정이 느껴진다. 손님을 최우선으로 생각하기에 할 수 있는 일들일 것이다. 로코코풍으로 구석구석 장식된 파우더룸도 한 자리씩 잘 구분되어 있어 화장을 여유롭게 마무리할 수 있다. 목욕 후 느긋하게 준비하고 싶은 여성의 마음을 잘 들여다본 것 같다. 고객에 대한 배려에 다시 한번 감격했다.

(Column 3)

대중목욕탕 커뮤니티

목욕탕에 뿌리내린 커뮤니티를 접하는 것도 목욕탕을 즐기는 방법 가운데 하나입니다. 어느 목욕탕에 가든 반드시 단골손님을 만날 수 있거든요. 단골은 특히 개점시간에 가장 많고, 동네 어르신일 확률이 높아요.

여탕에 들어가면 탈의실의 의자나 욕조 안에서 아주머니들이 이야기꽃을 피우는 것을 쉽게 목격할 수 있을 거예요. 탈의실에 틀어져 있는 텔레비전 속의 화제는 제일가는 대화 주제예요. 저도 그 틈에 섞여 담소를 나누거나 우연히 눈이 마주친 사람과 대화를 하기도 해요. 간단히 목례를 하고 "여기 자주 오세요?"라고 말을 걸면, 으레 "한 15년쯤 다닌 것 같아요"라던가 "원래 이 목욕탕 자리는 연못이라서, 어릴 때 잉어들한테 먹이를 주곤 했어요", "새 주인이 오고 나서 이 목욕탕도 많이 변했어" 같은 목욕탕을 일상적으로 찾는 사람들의 삶을 엿볼 수 있는 대화가 이어지곤 합니다. 간혹 목욕탕을 향한 각별한 애정이 느껴지는 대화를 할 때도 있어 목욕탕 종사자로서 가슴이 뜨거워져요.

요즘 너무 춥다, 그치?

그러게 말야.

몸을 씻으며 나란히 앉아
오순도순 대화를 즐기기도 한다.

때론 옆 욕조의 사람과
대화를 한다.

몸이 나른하게 풀릴 즈음엔 대화를 끝내고 자리에서 일어납니다. 짧은 시간 안에 여러 사람과 이야기를 나누면 꼭 술집에서 여러 테이블을 돌아다니며 대화를 나누는 것 같기도 해요. 목욕탕에서 많은 대화를 해보면 정말이지 세상엔 다양한 사람이 있다는 것이 느껴져요. 이렇게 목욕탕에서 나누는 대화의 순간이야말로 대중목욕탕만의 특별한 문화입니다.

직접 단골이 되어 목욕탕 커뮤니티의 일원이 될 수도 있죠. 전 언제나 같은 시간에 고스기유에 있기 때문에 매일같이 마주치는 사람들이 있어요. 만나면 반갑게 인사를 나누고 같은 욕조에 몸을 담그곤 "준조 상점가에 새로 생긴 술집이 오픈 세일로 맥주가 10엔이래요", "새로 산 황토팩이 좋던데, 쓰실래요?", "표고버섯 땄는데 드릴까요?" 같은 대화를 나누는 것이 일상이 되었습니다. 처음엔 낯선 사람에게 말을 거는 것이 어색했어요. 하지만 같은 시간에 몇 번이고 만나다 보면 자연스레 말을 걸게 되고 지금은 이러한 대화가 편안한 일상의 루틴이 되었지요. 화제는 정말 소박한 것들이라 이 지역 이슈나 지인에 대한 것이 대부분이에요. 저에게 이런 대화는 일상의 루틴으로 정착되어 책을 쓰느라 줄곧 집에만 있을 때나 안 좋은 일이 있어 부정적인 감정에 휩싸였을 때면 목욕탕에 와서 대화를 나누는 것만으로도 평소의 리듬을 되찾을 수 있게 되었어요.

매일 대화를 나누는 사이지만 신기하게도 서로의 이름도 모르고 직업도 모릅니다. 평소에 입는 옷 스타일도 몰라서 밖에서 우연히 만나면 서로를 몰라 보거나 조금 멋쩍은 기분도 들어요. 그 때문에 오히려 발가벗은 채로 대화를 나누는 이 커뮤니티가 소중하게 여겨집니다. 서로 발가벗은 채라면 나이도 직업도 상관없이 한 명의 사람으로서 대화를 나눌 수 있거든요. 무엇보다 욕실에서만 주고받는 대화니 그 뒤는 생각하지 않아도 돼요.

그렇다고 해서 서로의 관계가 얕은 것도 아니예요. 매일 얼굴을 마주하는 만큼 따스하고 견고한 관계가 형성됩니다. 그래서 대중목욕탕의 커뮤니티는 남다른 점이 있어요. 이런 얕으면서도 견고한 관계에 마음이 놓이는 것은 평소 SNS를 통해 익명성 커뮤니티에 익숙해져 있기 때문일지도 모릅니다. 여러분도 다정하지만 서로의 경계를 존중하는 독자적이고 특별한 대중목욕탕만의 커뮤니티를 경험해보세요.

제4장

목욕탕 사람들

인간미 코스

사람을 만나러 목욕탕에 간다.
목욕탕 주인의 따스한 온정과 각별한 열정이 느껴지는
감동백배 목욕탕 3곳

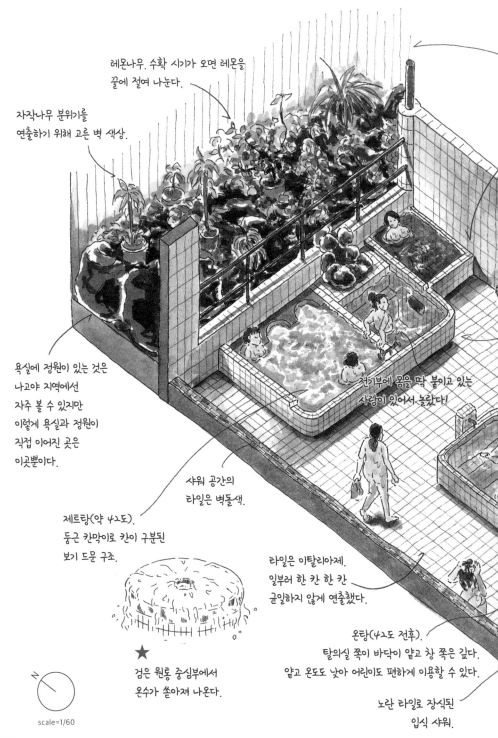

레몬나무. 수확 시기가 오면 레몬을 꿀에 절여 나눈다.

자작나무 분위기를 연출하기 위해 고른 벽 색상.

욕실에 정원이 있는 것은 나고야 지역에서 자주 볼 수 있지만 이렇게 욕실과 정원이 직접 이어진 곳은 이곳뿐이다.

샤워 공간의 타일은 벽돌색.

제트탕(약 42도). 둥근 칸막이로 칸이 구분된 보기 드문 구조.

전기부에 몸을 딱 붙이고 있는 사람이 있어서 놀랐다!

타일은 이탈리아제. 일부러 한 칸 한 칸 균일하지 않게 연출했다.

온탕(42도 전후). 탈의실 쪽이 바닥이 얕고 창 쪽은 깊다. 얕고 온도도 낮아 어린이도 편하게 이용할 수 있다.

★
검은 원통 중심부에서 온수가 쏟아져 나온다.

노란 타일로 장식된 입식 샤워.

N

scale=1/60

레몬, 바나나, 파인애플, 미라클프루트를 키우는 정원.
욕실의 습기와 열기 덕에 온실이 만들어졌다.

약탕(42도).
앉는 곳이 곡선이라
앉기 편하다!
이날은 민트블루탕.

전기탕(약 42도).
누르고 주무르고 두드리는 것을
순서대로 반복하는
전자마사지 기계를 도입한 전기탕.
인기만점이라 빈자리가 금세 채워진다.

이 주변 수도꼭지를
사용하는 사람이 많았다.

냉탕(18~20도).
지하수를 사용.
사우나 온도와의
조화가 매우 좋았다.

사우나.
(남탕 100도/여탕 90도)
습도와 온도가 딱 좋다.

둥근 모양의 사우나 스토브.
작지만 파워가 있다.

적당히 높은 곳이 있어
물건을 올려두기 편하다.

탈의실 가는 길.

기둥 뒤로 들어가면 주변이
막혀 있는 느낌이 들어
안정감이 있다.

욕실 정원에서 키운 레몬으로 청을
만들어 나누기도 하고, 손님들이 함
께 즐기도록 마스크 팩을 파는 등 곳
곳에 주인 부부의 애정이 가득하다.

애정이 듬뿍 들어간 목욕탕

"우리 목욕탕에는 아무것도 없어요. 다만 애정만은 듬뿍 있지요." 〈목욕탕 도감〉라이브 이벤트에 와준 헤이덴 온천 여주인의 한 마디가 인상적이었다. 나고야에서 오사카까지 신칸센을 타고 와준 열의에 감동해 이 같은 열정으로 운영하는 목욕탕에 '아무것도 없을 리 없다!'는 생각으로 나고야까지 와버렸다.

헤이덴 온천 입구는 박공지붕형 간판이 있고, 중앙에 '목욕탕'이라고 적인 귀여운 네온사인이 거리를 밝히고 있었다. 안으로 들어서니 아이치현의 목욕탕 조합 티셔츠를 입은 주인 부부가 반겨주었다. 다시 만난 여주인과 함께 욕실에 들어가 취재를 시작했다. 욕실 중앙에 욕조가 있고 그 안쪽에 제트탕, 전기탕, 약탕이 나란히 있다. 그리고 도쿄라면 후지산 벽화가 있었을 곳에 여러 식물들과 바위로 꾸며진 정원이 있었다. 나고야에는 욕실 내에 정원이 있는 목욕탕이 드물지 않다고는 하지만 유리벽 없이 직접 정원과 이어진 곳은 이곳뿐이다. 욕실의 습기와 열기로 온실이 만들어져 열대식물이 자라기에 안성맞춤이었다. "레몬나무도 심었어요." 여주인이 가리킨 곳에는 아직 녹색의 둥근 레몬이 달려 있었다. 노랗게 익으면 꿀에 절여 손님들에게 나눠준다고 한다. 이외에도 바나나, 망고, 미라클프루트

등이 심어져 있고 아기자기한 장식도 있어 보는 재미가 쏠쏠했다.

취재가 끝난 뒤에는 온천을 느긋하게 즐기고 대합실로 향했다. 카운터에 각양각색의 오리인형과 잘라서 판매하는 비누, 과자, '팬더목욕탕' 상품 등이 비좁을 정도로 놓여 있었다. 잘 보니 마스크팩도 있었다. "혼자 팩을 하면 부끄럽지만 같이하면 안 부끄러워요." 단골들이 편안하게 팩을 즐기며 담소를 나눌 수 있게 한 배려다. 목욕을 마치고 다 함께 마스크팩이라니. 그 모습을 상상하자 미소가 지어졌다.

근처 고교 양봉장의 꿀을 사용한다는 아이스크림을 먹으며 주인과 많은 대화를 나눴다. 한 달에 한 번 전시회를 열기도 하고 동네에 재미있는 물건을 만드는 사람이 있으면 목욕탕에서 판매도 한다. 목욕탕 팸플릿에 등장하는 여성은 단골손님인데 모델을 해준 비용으로 달걀과자를 주었다고 한다. 이야기를 들을수록 그녀의 소박하고 따뜻한 인품이 느껴졌다. 목욕탕에서 받은 따스한 인상이 어디에서 비롯되었는지 알 것 같았다. 목욕탕을 나설 때는 내게 "또 와요"라는 다정한 인사를 건넸다. '가깝다면 매일이고 찾아올 텐데!' 나고야 사람들이 부러워지는 목욕탕이다. 🦆

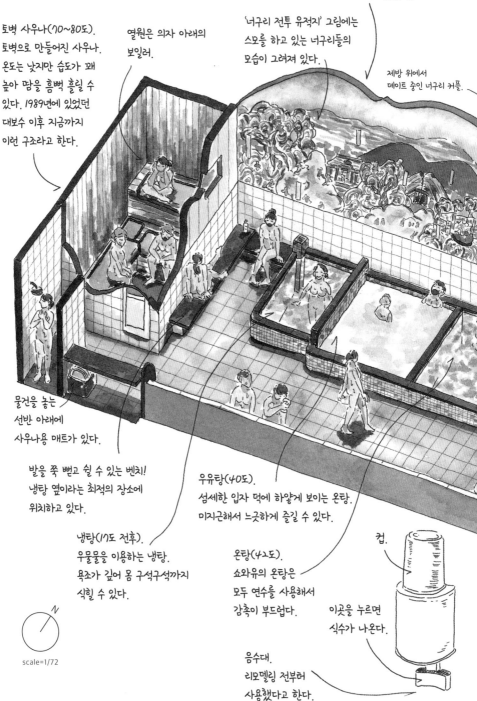

토벽 사우나(70~80도).
토벽으로 만들어진 사우나.
온도는 낮지만 습도가 꽤
높아 땅을 흠뻑 흘릴 수
있다. 1989년에 있었던
대보수 이후 지금까지
이런 구조라고 한다.

열원은 의자 아래의
보일러.

벽화는 쓰다산을
모티브로 삼았다.

'너구리 전투 유적지' 그림에는
스모를 하고 있는 너구리들의
모습이 그려져 있다.

제방 위에서
데이트 중인 너구리 커플.

물건을 놓는
선반 아래에
사우나용 매트가 있다.

발을 쭉 뻗고 쉴 수 있는 벤치!
냉탕 옆이라는 최적의 장소에
위치하고 있다.

냉탕(17도 전후).
우물물을 이용하는 냉탕.
욕조가 깊어 몸 구석구석까지
식힐 수 있다.

우유탕(40도).
섬세한 입자 덕에 하얗게 보이는 온탕.
미지근해서 느긋하게 즐길 수 있다.

온탕(42도).
쇼와유의 온탕은
모두 연수를 사용해서
감촉이 부드럽다.

컵.

이곳을 누르면
식수가 나온다.

음수대.
리모델링 전부터
사용했다고 한다.

scale=1/72

110

★ 매일 입욕제가 바뀌는 온탕(40도).
이날은 핑크리본탕.

설계를 담당한 건축가의 딸이
그린 벽화. 여기저기에 다양한 표정의
너구리들이 숨어 있다.

축제의 춤을 추는
너구리들.

목욕탕 주인이 금붕어
타일을 인터넷에서 직접
구입했다고 한다.
덕분에 금붕어들이
이곳에서 헤엄치고 있다.
정말 귀여운 타일.

요즘 가장 주목받는 목욕탕. 개성 넘
치는 너구리들에게 점령당한 이곳은
번뜩이는 아이디어와 왕성한 의욕으
로 활력이 넘친다.

소지품을 둘 수 있는 선반.
빨간 아크릴 판이 포인트.

둥글고 귀여운 세면대.
황금색 수도꼭지도
매력 포인트.

드라이어 사용은 무료!
책상 아래에는
소지품을 두는 선반도 있다.
작은 배려에 마음이 밝아진다.

여기도 너구리가….

몸을 씻는 곳
좌우에
음수대가 있다.

계산대 가는 길

단골 손님들
소지품이 놓여
있는 선반.

개장 전부터
있던 사물함을
깨끗하게 리폼해
다시 사용하고 있다.

이쪽은 좁고 긴
사물함. 큰 가방을
들고 목욕탕에 왔을 때 정말 반갑다.

아기 침대도 있어
아기와 함께 와도
안심이다.

개장 이전부터 사용했다는
고풍스런 빨간 헤어드라이어.

111

너구리 전투가 펼쳐지는 목욕탕

도쿠시마시에 위치한 쇼와유는 2018년 8월에 리뉴얼하여 개장한 목욕탕으로 지역 농가나 잡화점과 콜라보레이션 이벤트를 하는 등 의욕이 넘치는 곳이다. SNS도 열정적으로 운영하고 있어 목욕탕을 리모델링하는 과정을 매일 포스팅하기도 했다. 그 투지가 흥미로워 완공 직후 가고 싶어 서둘러 도쿠시마를 방문했다.

강과 바다로 둘러싸인 어촌 동네 쓰다, 저층 주택이 들어선 구불구불한 길을 따라 올라가면 이내 쇼와유가 나온다. 박공지붕형 천장은 세월을 느낄 수 있도록 멋지게 변색된 목재로 만들었지만 현관과 내장은 마치 새로 개장한 카페처럼 깨끗하고 세련됐다. 안으로 들어가면 고즈넉한 대합실이 나온다. 높은 천장의 정중앙에 팬이 돌아가고 있고, 카운터 옆에는 너구리 일러스트가 그려져 있었다. 욕실은 길고 가는 구조로 탈의실을 등지고 오른쪽에 욕조가 네 개, 왼쪽에는 수도꼭지가 주르륵, 안쪽에는 사우나가 있어 심플하다.

눈길을 끄는 것이 남탕과 공간을 구분하는 벽에 그려진 페인트 그림이다. 노을이 물든 산을 배경으로 동굴 관음상, 오다이바, 쓰다하치만 등 지역 명소가 다양한 색채로 그려져 있다. 그리고 그 모든 풍경에 너구리들이 다양한 모습으로 등장

한다. 스모를 하다가 튕겨나가는 너구리, 줄넘기를 하며 즐거워하는 아기너구리들, 뚝방에 앉아 알콩달콩 데이트하는 너구리 등 욕조에 앉아 그림 구석구석을 보는 재미가 있다.

현재 쇼와유를 4대째 운영하고 있는 닛타 게이지는 노후된 목욕탕을 리모델링하며 젊은 사람들도 오고 싶어 하는 목욕탕을 만들고 싶다는 생각에 재미있는 욕실 그림을 구상했다고 한다. 지역의 건축가인 우치노 데루아키에게 건축을 의뢰하면서 미대생인 그의 딸, 우치노 고하루에게 벽화를 부탁했다. 지역에 너구리 전투 전승이 있어 이것에 힌트를 얻어 너구리 벽화를 그렸고, 이제 너구리는 쇼와유의 마스코트가 되었다.

이후에도 여전히 재미있고 유니크한 시도를 이어가고 있다. 미래의 계획을 묻자 목욕탕 주인의 눈이 반짝반짝 빛났다. 몇 년 뒤 쇼와유는 어떤 모습일까? 벌써부터 기대가 된다. 어쩌면 더 많은 너구리를 만나게 될지도 모른다. 그런 상상을 하니 나도 모르게 미소가 지어졌다. 🦆

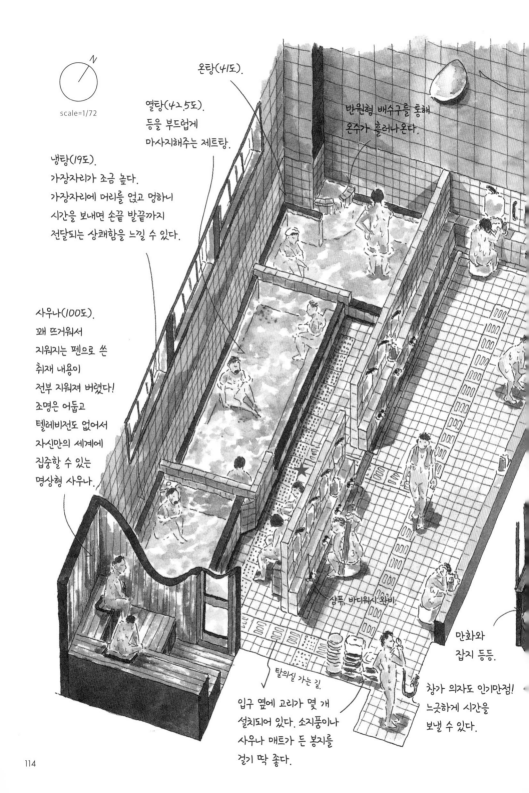

scale=1/72

온탕(41도).

열탕(42.5도).
등을 부드럽게
마사지해주는 제트탕.

반원형 배수구를 통해
온수가 흘러나온다.

냉탕(19도).
가장자리가 조금 높다.
가장자리에 머리를 얹고 멍하니
시간을 보내면 손끝 발끝까지
전달되는 상쾌함을 느낄 수 있다.

사우나(100도).
꽤 뜨거워서
지워지는 펜으로 쓴
취재 내용이
전부 지워져 버렸다!
조명은 어둡고
텔레비전도 없어서
자신만의 세계에
집중할 수 있는
명상형 사우나.

샴푸, 바디워시 완비

만화와
잡지 등등.

탈의실 가는 길.
입구 옆에 고리가 몇 개
설치되어 있다. 소지품이나
사우나 매트가 든 봉지를
걸기 딱 좋다.

창가 의자도 인기만점!
느긋하게 시간을
보낼 수 있다.

달 모양의 오브제.
여탕에도 같은 오브제가 있는데,
서로 마주 보게 되어 있다.

★ 벤치.
냉탕을 나오면 여기서
쉬는 것을 추천!
조금 높은 의자에서 느긋하게
휴식을 취할 수 있다.

고향집에
온 것 같은 목욕탕

도쿄 오사키
곤파루유
남탕+대합실

뒤편으로 가는 문.

식당을 하는 목욕탕 주인의 남동생이
엄선한 생맥주 판매 중!
간단한 안주도 함께 제공된다.

온 가족이 함께 만들어 나가는 친절
함이 배어 있는 목욕탕. 이곳에 가면
꼭 고향집 같은 푸근한 느낌이 들어
마음이 편안하다.

병처럼 생긴 병따개는
센스 만점 아이템.

아동용 인형, 그림책,
장난감도 종류가
다양하다.

곤파루유 스티커가
붙어 있다.

목욕 후 쉴 수 있는
다다미 공간.

아동용 장난감과 아동용
비누를 대여한다! 아이와
함께 오는 손님들에 대한
배려가 넘친다.

목욕용품 등.

낮은 테이블 주변에서
나도 모르게
뒹굴뒹굴하게 된다.

현관 가는 길.

곤파루유 오리지널 티셔츠가
장식되어 있다.

115

고향집에 온 것 같은 목욕탕

곤파루유는 JR오사키역大崎駅에서 도보로 약 8분 거리에 있는 빌딩형 목욕탕이다. 이곳 주인의 아들 카도야 후미타카는 33세로 엔지니어로 일하면서 주말과 평일에 간간히 목욕탕 일을 돕고 있다. 2017년 여름, 어머니가 다쳐 입원하면서 목욕탕 경영을 돕게 되었다고 한다. 특히 좋아하는 것은 카운터에서 손님과 대화를 나누는 것이다. 같은 세대의 목욕탕 경영자들이 다양하고 새로운 시도들을 하고 있다는 걸 알게 되면서 자극을 받아 목욕탕 홈페이지를 개설하는 등 조금씩 가업에 깊숙이 관여하고 있다고 한다. "회사에서는 무언가 새로운 일을 하려고 해도 금방 시작할 수 없지만 목욕탕에서는 바로 실행에 옮길 수 있고, 손님들 반응도 바로 들을 수 있어 정말 즐거워요."

가게 앞에 입간판을 만들어 두기도 하고, 곤파루유 스티커를 만들기도 하는 등 즐겁게 노력하는 카도야의 모습에 가족들도 이벤트 개최나 상품 판매에 적극적으로 뛰어들고 있다. 사우나 모자를 온 가족이 함께 만들기도 하고 식당에서 일하는

남동생은 생맥주의 수급을 담당한다. 곤파루유 티셔츠의 일러스트는 부모님이 직접 그리셨다고 한다. 목욕탕을 잘 경영해보고 싶다는 한뜻으로 모아진 가족들의 마음이 곤파루유를 변화시켜나가고 있다.

인터뷰가 끝난 뒤 욕실에 입장했다. 미지근한 온탕에 들어가 느긋하게 천장을 올려다보고 있으니 마음이 안정된다. 사우나는 조명이 편안한 밝기로 세심하게 조절되어 있었다. 사우나에 들어갈 때는 사우나 매트를 제공받는데 매트가 들어 있는 작은 가방의 디자인이 꽤 귀엽다.

목욕을 마치고 대합실에 들어가니 젊은이들은 다다미에 앉아 수제 맥주를 마시고 어르신들은 의자에 앉아 쉬고 있었다. 욕실과 대합실 등 곳곳에서 느껴지는 곤파루유의 따스한 정다움은 카도야 일가의 친절함에서 배어나온 것이다. 마치 고향집에 온 듯한 편안함이 느껴지는 이곳을 앞으로도 응원하고 싶다. 🦆

마치며

그림과 나의 일생

《목욕탕 도감》즐거우셨나요? 돌이켜보면 도감을 그리게 된 처음의 계기는 엄마였습니다. 제가 중학생 때 엄마는 인테리어 코디네이터 전문학교에 다니고 있었는데, 주택 투시도를 몰두해서 그리는 엄마의 모습이 너무 멋져 보여 저도 엄마를 따라 그림을 배우게 됐거든요. 그때 제가 그린 건물은 정말 볼품없었지만 처음으로 그림 그리는 즐거움을 알게 됐어요.

이후 건축에 흥미가 생겨 와세다대 건축학과로 진학했습니다. 4학년 때는 예술적인 관점에서 건축을 연구하는 이리에 마사유키 교수의 연구실에서 공부를 했는데, 졸업논문 테마가 지방 소도시를 대상으로 거리의 색채를 연구하는 것이었습니다. 무려 3미터짜리 두루마리 그림으로 동네의 거리 풍경을 제작했습니다. 당시 동네 사람들이 '우리 마을이 전혀 다르게 보인다', '기쁘다' 하며 행복해했는데 그 말이 유독 기억에 남았습니다. 그림으로 누군가를 행복하게 해줄 수 있다는 것에 감동했어요. 대학원 마지막 과제가 '설계와 그림'을 주제로 발표하는 것이었는데, 일러스트를 사용한 도입부의 평가는 좋았지만 설계 자체에는 문제가 많았습니다. 그림을 아무리 좋아해도 설계로는 이어지지 않을 수 있다는 걸 알았어요.

충격이 컸지만 스케치를 많이 하면 언젠가 그림과 설계를 연결할 수 있지 않을까 싶어 졸업 후 곧바로 건축사사무소에 취직했습니다.

처음엔 의욕이 넘쳤어요. 마지막 과제의 쓸쓸한 추억 때문인지 멋진 역전극을 보여주고 싶다는 생각에 사로잡혔거든요. 학교 다닐 때도 과제에 너무 집착하는 바람에 건강을 해치는 일이 자주 있었는데 이때도 일에 과도하게 몰입해 식사나 수면 같은 일상생활을 소홀히 했습니다. 1년 반이 지나자 몸과 마음에 한계가 왔고 결국 이상 징후들이 나타나기 시작했어요.

죄책감 없이 갈 수 있던 단 하나의 공간

어지럼증과 이명이 빈번하게 발생하고, 아침에 일어나도 피로가 전혀 풀리지 않았어요. 대화에 집중하지 못하고 안색은 점점 어두워져갔습니다. 건강이 나빠지기 시작하니 부주의로 인한 실수도 많아졌고 점점 자기혐오에 빠져들었어요. 죽음을 생각할 정도로 정신 상태가 악화되었습니다.

결국 출근이 어려운 지경이 되자 '기능성 저혈당증' 진단을 받고 휴양을 위해 병원에 입원하게 되었습니다. 기능성 저혈당은 스트레스로 인해 부신기능이 저하돼 혈당치를 조절할 수 없는 상태를 말합니다. 계속되던 컨디션 난조와 우울한 기분도 증상 중 하나였습니다. 결국 의사의 진단으로 3개월간 휴직을 하게 되었어요.

휴직을 했는데도 회사에 폐를 끼쳤다는 사실과 가족을 걱정하게 했다는 죄책감에 마음 편히 쉬지 못했습니다. 상태는 점점 악화되고 있었지요. 그때 우연히 친구가 목욕탕에 가자고 해서 함께 가게 됐습니다. 오랜만에 간 목욕탕은 평일 낮 시간대라 그런지 한산했고 욕조에 따뜻한 햇빛이 쏟아지고 있었습니다. 밝고 커다란 욕실은 마음이 편안해지는 공간이었어요. 같은 세대 사람들이 별로 없다는 것도 마음이 안정되는 원인 중 하나였습니다. 줄곧 우울한 상태였던 저를 둘러싸고 있던 딱딱한 껍질 하나가 녹아 없어진 기분이었어요. 의사도 몸을 따뜻하게 하는 것이 좋다며 목욕탕에 정기적으로 다닐 것을 권했습니다. 사실 그때는 일을 쉬고 있다는 죄책감에 즐겁게 지내서는 안 된다는 쓸데없는 생각으로 스스로를 속박하고 있었거든요.

의사의 허락을 떨어지자 목욕탕은 죄책감 없이 갈 수 있는 유일한 공간이 됐습니다. 게다가 마침 집 근처에 괜찮은 목욕탕이 있었거든요. 입욕료도 단돈 500엔이라서 수입이 없던 제게 크게 부담이 되지 않았어요. 온탕과 냉탕을 오가는 냉온욕은 기능성 저혈당증에 딱 맞는 입욕법이어서 점차 혈액순환도 좋아지며 몸이 가벼워졌습니다. 우울했던 마음도 서서히 밝아졌지요. '목욕탕에 가면 건강해진다는 것'을 실감한 뒤부터 '오늘은 어느 목욕탕에 갈까?' 하며 두근두근 설레할 정도로 목욕탕을 좋아하게 됐습니다.

나의 첫 목욕탕 도감

어느 날 친구와 우에노에 있는 목욕탕 고토부키유에 갔을 때의 일입니다. 역 근처에서 가볍게 러닝을 하고 목욕탕으로 향했습니다. 운동한 후라 따뜻한 물에 들어가자 몸도 마음도 풀어져 녹아내릴 것처럼 편안했습니다. 욕조에 앉아 목욕탕의 상징과도 같은 후지산 그림을 보면서 새삼 '좋은 목욕탕이구나' 생각하고 있는 순간, 이 온전한 행복감을 다른 사람에게도 소개하고 싶어졌어요. 목욕탕에 생전 가본 적이 없는 친구들에게 이 행복감을 전하기 위해 시작한 것이 목욕탕 도감입니다.

트위터에 그림을 올리니 "가보고 싶다"는 댓글들이 달리기 시작했어요. 예상 외로 많은 사람이 긍정적인 반응을 보내주었고 사람들이 점차 관심을 가져주자 자신감이 생겼습

최초의 목욕탕 도감

니다. 일곱 번째 목욕탕 도감을 그렸을 때 목욕탕 매체인 〈도쿄 센토〉에서 기사로 삼고 싶다는 연락을 받았어요. 기사가 공개되자 더 많은 사람이 반응했고, 그때 고스기유에서 '우리 목욕탕의 팸플릿을 그려줬으면 한다'는 연락을 받았습니다.

목욕탕으로 출근하다

고스기유의 3대 주인인 히라마츠는 주택건축업계 영업사원 출신입니다. 컨설팅업체를 운영하다가 가업인 목욕탕을 잇게 되었다고 해요. 제게 연락을 했을 때는 그가 막 경영을 시작했을 때인데 팸플릿 디자인을 논의하기 위해 고스기유에서 그와 대화하다 보니 어쩐 일인지 점점 이곳에 남다른 애정을 갖게 되었습니다. 이후 틈만 나면 고스기유를 자꾸자꾸 방문하게 되었습니다.

건강을 거의 회복해 건축사사무소에 복직했지만 간단한 작업조차도 전혀 집중할 수 없었습니다. 일과가 끝난 뒤에는 제대로 말도 나오지 않을 정도로 몸과 마음이 탈진되었어요. 휴직 전과 전혀 다른 몸이 된 것입니다. 며칠이 지나도 일은 손에 익지 않고 증상도 나아지지 않았습니다. 간단한 모형 작업도 할 수 없게 되자 이대로는 계속 일할 수 없다고 판단했습니다. 그때 마침 운명처럼 고스기유에서 일해 보지 않겠냐는 제안을 받았습니다.

고스기유 팸플릿 표지

처음엔 목욕탕이 직장이 된다는 건 상상할 수조차 없었습니다. 중학생 때부터 제 목표는 건축가였으니까요. 심지어 목욕탕으로 이직하면 모든 것이 수포로 돌아간다는 생각마저 들었습니다. 하지만 몸 상태는 나아지지 않았고 목욕탕을 그리는 일을 계속 해보고 싶다는 마음은 깊어졌습니다. 결국 친구 10명에게 물어보기로 했습니다. 만약 한 명이라도 반대하면 건축을 계속하기로 마음먹고요. 그런데 웬걸. 10명 모두가 "목욕탕, 이직 찬성!"이라고 답했습니다. "건축은 언제든 다시 시작할 수 있으니 좋아하는 일을 해." "대학 때부터 그림 그리는 걸 좋아했잖아. 그 길이 맞는 것 같아." 친구들의 말을 들으니 제가 그림을 얼마나 사랑했는지 다시 깨닫게 되었습니다. 졸업 논문으로 그렸던 마을 그림을 기뻐해주었던 사람들의 목소리가 다시 들려오는 것 같았습니다. 그림으로 사람들을 기쁘게 하는 것이 내가 목욕탕 도감을 통해 해나가고 싶은 일이라는 것을 알게 되었습니다. 그동안 배워온 건축 일을 수포로 돌리는 것이 아니라, 돌고 돌아 진정 하고 싶었던 것을 목욕탕이라는 장소에서 실현할 수 있게 된 것이 아닐까, 이런 용기가 생겨나 이직을 결정했습니다.

2017년 3월 고스기유로 첫 출근했습니다. 지금은 목욕탕 가까이에 살면서 매일 출근해 카운터를 보고 있어요. 주변 환경은 크게 변했지만 "목욕탕의 매력을 사람들에게 전하고 싶다"는 첫 마음은 그대로입니다.

이 책을 위해 반년 동안 오직 취재와 집필에 집중했습니다. 아침 7시면 일어나 밤까지 쉬지 않고 그림을 그렸어요. 늦은 밤엔 지친 몸을 이끌고 고스기유에 다녀와 피로를 씻어내고 푹 잠에 드는 그런 나날들이었습니다. 집에서 묵묵히 작업을 하다 보면 나쁜 생각이나 과거의 안 좋은 기억들이 다시 떠올라 정신이 피폐해지는 때도 있었습니다. 그러나 도감이 한 장 완성되면 정말 자랑스럽게 느껴져 한시라도 빨리 다음 그림을 그리고 싶다는 마음뿐이었어요. 그림 그리는 것을 순수하게 즐겁다고 말할 순 없어요. 하지만 그 모든 힘듦을 감수하면서 그림 그리는 인생을 앞으로도 이어가고 싶습니다. 목욕탕 도감 작업을 하면서 마침내 그림 그리는 인생의 첫걸음을 걷게 되었다고 생각합니다. 앞으로도 목욕탕 활동을 이어가며 오래오래 그림을 그리는 것이 저의 꿈입니다. 다음에 어떤 작품으로 여러분을 만나게 될지 아직 알 수 없지만 언젠가 재회할 날을 기쁘게 기다리겠습니다. 마지막까지 읽어주셔서 진심으로 고맙습니다.

엔야 호나미

2018년 3월 다나카 미즈키가 그린
후지산 벽화. 목욕탕 주인이 전직
프로복서인 것에서 영감을 얻어 오른쪽
아래에 복서의 모습이 그려져 있다.

온탕(41~42도).
느긋하게 즐길 수 있는
딱 좋은 온도.
세 종류의 제트탕이
들어서 있다.

수면이 동굴 속에 반사돼
예쁜 문양을 보여준다.

소금사우나(85도).
소금사우나 중에서도
뜨거운 온도. 소금을 몸에 바르고
조금만 시간이 지나면
점점 땀이 난다.

샴푸, 바디워시 완비.

뒤편으로 나가는 문.

약탕(44~45도).
깜짝 놀랄 만큼
아주 뜨거운 열탕.
익숙해지면 피부가 따끔해지는
감각을 즐길 수 있다.
메뉴는 매일 바뀌며
이날은 아로마 엑기스탕.

한 달간의 약탕 일정과
목욕탕 공지사항,
주인의 한마디가 적인
'고토부키유 통신'
나도 모르게 정독했다.

사우나(여탕 90도/남탕 100도).
습도는 적절하고 아주 뜨겁다.
남탕 사우나는 여덟 명이 앉을 수 있다.

탈의실 가는 길.

★ 놀라운 넓이의 노천 공간.
예전에 장작으로 물을 데우던 공간을
2008년에 노천탕으로 증축했다.
이 넓이와 충실함은 아마도 도쿄 최상급.

scale=1/82

동굴 냉탕(14~18도).
벽으로 둘러싸인 냉탕.
냉수가 항상 흘러나오고 있다.
동굴의 반향으로 울려 퍼지는
물소리를 듣고 있으면
머릿속이 맑아진다.

나의 첫
목욕탕 도감

도쿄 히가시우에노
고토부키유
남탕

저의 첫 목욕탕 도감입니다.
책에 맞춰 새로 그려보았어요.

대들보 아래에는
대나무 지붕이
있다. 온탕에
들어가 올려다
보면 옛 일본식
여관의 노천탕에
온 것 같다.

벤치가 있다.
비어 있을 때는
다리를 올려 쭉 뻗어도 좋다.

키 작은 나무가
심어져 있는데 온탕에
앉아서 바라보기 좋다.

노천탕 옆에
늘어선 의자들.
바람이 불어 기분이 좋다.

노천탕(40~41도).
널찍한 노천탕. 온도가 적당해서
느긋하게 들어가 있으면 몸의 긴장이 풀려버린다.
매월 26일(목욕의 날)에는 '치유의 온천'이라고 불리는
나우코 온천의 입자를 넣은 온탕을 제공한다.

노천 냉탕(15~19도).
석조 노천 냉탕! 사우나에서 노천 냉탕으로
들어갔다가 그대로 외기욕을 즐길 수 있는
이상적인 동선. 바람이 부는 날은 더
상쾌하다.

여기도 의자가 있다.
냉탕에서 나와
바로 쉴 수 있다.

목욕탕 리스트

00 고스기유小杉湯 (도쿄 고엔지)
★ JR주오선 '고엔지'역 하차 도보 5분
도쿄도 스기나미구 고엔지 기타 3-32-17
東京都杉並区高円寺北 3-32-17
☎ 03-3337-6198
영업시간 평일 15:30-익일 01:30(토·일·공휴일
8:00~익일 01:30)
정기휴일 목요일
http://kosugiyu.co.jp
♨ 입욕료 520엔

01 다이코쿠유大黒湯 (도쿄 기타센주)
★ 도쿄 메트로 히비야선 등 '기타센주'역에서 버스 '센
주 4번' 하차 4분
도쿄도 아다치구 센주 고토부키쵸 32-6
東京都足立区千住寿町32-6
☎ 03-3881-3001
영업시간 15:00-23:30
정기휴일 월요일(휴일일 경우 다음날 화요일, 월 1회
연휴)
♨ 사우나 사용료(입욕료 포함) 860엔
(2021년 6월 폐점)

02 우메노유梅の湯 (도쿄 아라카와)
★ 도쿄도 전차 아라카와선 '오다이'역 도보 7분
도쿄도 아라카와구 니시오구 4-13-2
東京都荒川区西尾4-13-2
☎ 03-3881-6310
영업시간 16:00-23:30
정기휴일 비정기적. 주로 일요일
Twitter @1010_umenoyu
♨ 사우나 무료

03 닛포리 사이토유日暮里 斉藤湯 (도쿄 닛포리)
★ JR야마노테선 '닛포리'역 도보 3분
도쿄도 아라카와구 히가시닛포리 6-59-2
荒川区東日暮里6-59-2
☎ 03-3801-4022
영업시간 14:00-23:00
정기휴일 금요일
saito-yu.com
♨ 입욕료 500엔

04 히다마리노 이즈미 하기노유 ひだまりの泉 萩の
(도쿄 우구이스다니)
★ JR '우구이스다니'역 도보 3분
도쿄도 다이토구 네기시 2-13-13
東京都台東区根岸2-13-13
☎ 03-3872-7669
영업시간 06:00-09:00/11:00-익일 01:00
정기휴일 매달 세 번째 화요일
haginoyu.jp
♨ 입욕료 520엔/사우나 사용료 평일 300엔, 토·일·
공휴일 400엔

05 도고시 긴자 온천 戸越銀座温泉
(도쿄 도고시 긴자)
★ 도영지하철 '도고시'역 도보 3분/도큐이케가미선
'도고시긴자'역 도보 5분
도쿄도 시나가와구 도고시 2-1-6
東京都品川区戸越2-1-6
☎ 03-3782-7400
영업시간 15:00-익일 01:00(일·공휴일은 아침 영
업 있음 08:00-12:00)
정기휴일 금요일
togoshiginzaonsen.com
♨ 사우나 사용료(입욕료 포함) 800엔

06 다이코쿠유 大黒湯 (도쿄 오시아게)
★ 도쿄 메트로 한조몬센 등 '오시아게'역 도보 6분/
JR소부선 '긴시초'역 도보 12분
도쿄도 스미다구 요코카와 3-12-14
東京都墨田区横川3-12-14
☎ 03-3622-6698
영업시간 평일 15:00-익일10:00(토요일 14:00- /일
요일 13:00-)
정기휴일 화요일(휴일일 경우 다음 수요일)
www.daikokuyu.com
♨ 입욕료 520엔/사우나 사용료 300엔

07 기라쿠유 喜楽湯 (사이타마 가와구치)
★ JR 게이힌토호쿠선 '가와구치'역 또는 '니시카와구
치'역 도보 12분
사이타마현 가와구치시 가와구치 5-21-6
埼玉県川口市川口5-21-6
☎ 048-437-1125
영업시간 평일 15:00-24:00(토·일은 아침 영업 있
음 08:00-24:00)
정기휴일 한 달에 한 번
wakimichi.site/kirakuyu
Twitter @kirakuyu_1010
♨ 입욕료 480엔/사우나 사용료 300엔

08 오쿠라유大蔵湯 (도쿄 마치다)

★ JR 요코하마선 '고부치'역 도보 10분/오다큐선 등 '마치다'역에서 버스 승차 '다키노사와' 하차 3분

도쿄도 마치다시 기소마치 522

東京都町田市木曽町522

☎ 042-723-5664

영업시간 14:00-23:00

정기휴일 금요일

ookurayu.com

♨ 사우나 사용료(입욕료 포함) 850엔

09 천연온천 히사마츠유天然温泉 久松湯

(도쿄 네리마)

★ 세이부이케부쿠로선 '사쿠라다이'역 도보 5분

도쿄도 네리마구 사쿠라다이 4-32-15

東京都練馬区桜台4-32-15

☎ 03-3991-5092

영업시간 11:00-23:00

정기휴일 화요일

hisamatsuyu.jp

♨ 입욕료 520엔/사우나 사용료 550엔

10 사쿠라칸桜館 (도쿄 가마타)

★ 도큐이케가미선 '이케가미'역 도보 6분

도쿄도 오타구 이케가미 6-35-5

東京都大田区池上6-35-5

☎ 03-3754-2637

영업시간 평일 12:00-익일 01:00

(토·일·공휴일은 10:00-)

연중무휴

sakurakan.biz

♨ 입욕료 520엔

11 천연온천 유돈부리 사카에유天然温泉 湯どんぶり栄湯 (도쿄 아사쿠사)

★ 도쿄 메트로 히비야선 '미노와'역 도보 10분

도쿄도 다이토구 니혼즈츠미 1-4-5

東京都台東区日本堤1-4-5

☎ 03-3875-2885

영업시간 14:00-23:00(일·공휴일은 12:00-)

정기휴일 수요일

sakaeyu.com

♨ 사우나 사용료(입욕료 포함)1,000엔

12 유야 와고코로 요시노유ゆ家和ごころ 吉の湯

(도쿄 나리타히가시)

★ JR주오선 '고엔지'역 버스 승차 '마츠노키주타쿠' 하차 5분

도쿄도 스기나미구 나리타히가시 1-14-7

東京都杉並区成田東1-14-7

☎ 03-3315-1766

영업시간 13:30-22:00

정기휴일 월요일

yoshinoyu.sakura.ne.jp

♨ 사우나 사용료(입욕료 포함) 1,000엔(입욕료 별도일 경우는 500엔)

13 사우나 우메유 サウナの梅湯 (교토)
★ JR '교토'역 도보 15분/게이한혼선 '시치조'역 도보
7분
교토부 교토시 시모교구 이와타키초 175
京都市下京区岩滝町175
☎ 080-2523-0626
영업시간 14:00-익일 02:00(토·일은 아침 영업 있음
06:00-12:00)
정기휴일 목요일
Twitter @umeyu_rakuen
♨ 입욕료 430엔/사우나 무료

14 쇼와 레트로 온천 이치노유 昭和レトロ銭湯 一乃湯
(미에 이가)
★ 이가선역 '가야마치'역 도보 7분
미에현 이가시 우에노 니시히나타마치 1762
三重県伊賀市上野西日南町1762
☎ 0595-21-1126
영업시간 14:00-22:00
정기휴일 목요일
ichinoyuiga.com
♨ 입욕료 470엔

15 야쿠시유 薬師湯 (도쿄 스미다)
★ 도부이세사키선 '도쿄 스카이트리'역 도보 2분
도쿄도 스미다구 무코우지마 3-46-10
東京都墨田区向島3丁目46-10
☎ 03-3622-1545
영업시간 15:30-익일 02:00
정기휴일 목요일(공휴일일 경우는 화요일 휴무)
yakushiyu.com
♨ 입욕료 500엔/사우나 사용료 200엔

16 가마타 온천 蒲田温泉 (도쿄 가마타)
★ JR게이힌토호쿠선 '가마타'역 버스 승차 '가마타혼
초' 하차 1분
도쿄도 오타구 가마타혼초 2-23-2
東京都大田区蒲田本町2-23-2
☎ 03-3732-1126
영업시간 10:00-24:00
연중무휴
kamataonsen.on.coocan.jp
Twitter @kamataonsen12
♨ 입욕료 520엔/사우나 사용료 300엔

17 교난욕장 境南浴場 (도쿄 무사시사카이)
★ JR주오선 '무사시사카이'역 도보 5분
도쿄도 무사시노시 교난초 3-11-8
東京都武蔵野市境南町3-11-8
☎ 0422-31-7347
영업시간 16:00-23:00
정기휴일 금요일
Twitter @kyonan_sento
♨ 입욕료 520엔
(2023년 가을 리모델링 예정)

18 다이코쿠유大黒湯 (도쿄 요요기우에하라)

★ 오다큐선 등 '요요기우에하라'역 도보 3분

도쿄도 시부야구 니시하라 3-24-5

東京都渋谷区西原3-24-5

☎ 03-3485-1701

영업시간 15:00-익일 01:30(일요일은 12:00-)

정기휴일 첫 번째, 세 번째 수요일

♨ 사우나 사용료(입욕료 포함) 950엔

19 구아팔레스クアパレス (지바 나라시노)

★ 신케이세이전철 '나라시노'역 도보 5분

지바현 후나바시시 야쿠엔다이 4-20-9

千葉県船橋市薬円台4-20-9

☎ 047-466-3313

영업시간 15:00-익일 12:30(토·일·공휴일은

14:00-) 연중무휴

spa.tokyo.net/z-c-k-nar

♨ 사우나 사용료(입욕료 포함) 800엔

20 헤이덴 온천平田温泉 (아이치 나고야)

★ 지하철 '다카오카'역 또는 '신사카에마치'역 도보

12분

아이치현 나고야시 히가시구바시 아이오이초 38

名古屋市東区相生町38

☎ 052-931-4009

영업시간 15:00-22:45

정기휴일 화요일

ameblo.jp/heiden-onsen

♨ 입욕료 420엔/사우나 사용료 100엔

21 쇼와유昭和湯 (도쿠시마)

★ 버스 '쓰다마츠바라' 하차 5분

도쿠시마현 도쿠시마시 쓰다혼초 3-3-23

徳島市津田本町3丁目3-23

☎ 088-662-0379

영업시간 15:00-22:00(토·일·공휴일은 14:00부터)

정기휴일 2/3/12/13/22/23일

Twitter @1010showayu

♨ 입욕료 450엔

22 곤파루유金春湯 (도쿄 오사키)

★ JR '오사키'역 도보 8분

도쿄도 시나가와구 오사키 3-18-8

東京都品川区大崎3-18-8

☎ 03-3492-4150

영업시간 15:30-24:00(일요일은 10:00~)

정기휴일 화요일

kom-pal.com

♨ 입욕료 520엔/사우나 사용료 600엔

23 고토부키유寿湯 (도쿄 히가시우에노)

★ 도쿄 메트로 긴자선 '이나리초'역 도보 2분/JR '우

에노'역 도보 12분

도쿄도 다이토구 히가시우에노 5-4-17

東京都台東区東上野5-4-17

☎ 03-3844-8886

영업시간 11:00-익일 01:30

정기휴일 세 번째 목요일

www7.plala.or.jp/iiyudana

♨ 입욕료 520엔/사우나 사용료 300엔

- 따로 기재하지 않은 경우 도쿄에 있는 목욕탕의 성인 입욕료는 500~520엔입니다.
- 이 책에 게재된 정보는 기본적으로 2019년 1월 기준이며 입욕료 등은 세금이 포함된 가격을 기재했습니다. 목욕탕에 따라서는 폐점시간 전에 입장 마감을 하는 경우가 있으니 이용하기 전에 각 목욕탕에 확인하세요.(공식 홈페이지가 있는 목욕탕의 경우 2023년 7월 기준으로 정보를 업데이트하였습니다_편집자주)

Special Thanks

취재에 협력해준 각 목욕탕 관계자 여러분
'목욕탕 재부흥 프로젝트銭湯再興プロジェクト' 멤버
'목욕탕살이銭湯ぐらし' 멤버
'후로시키타타미닌風呂敷畳み人' 두 분
고스기유 직원 여러분
고스기유 손님 여러분
지금까지 나를 지켜준 친구들
트위터 팔로워 여러분

Original Japanese title: SENTOU ZUKAI
Copyright ⓒ 2019 Honami ENYA
Original Japanese edition published by Chuokoron-Shinsha, Inc.
Korea translation rights arranged with Chuokoron-Shinsha, Inc. through The English Agency
(Japan) Ltd. and Danny Hong Agency

목욕탕 도감

:목욕탕 지배인이 된 건축가가 그린 매일매일 가고싶은
일본의 주요 대중목욕탕 24곳

1판 1쇄 발행 2023년 8월 5일
1판 2쇄 발행 2023년 9월 14일

지은이 엔야 호나미
옮긴이 네티즌 나인
발행처 수오서재
발행인 황은희, 장건태
책임편집 최민화
편집 마선영, 박세연
마케팅 황혜란, 안혜인
디자인 MALLYBOOK
제작 제이오
주소 경기도 파주시 돌곶이길 170-2 (10883)
등록 2018년 10월 4일(제406-2018-000114호)
전화 031)955-9790
팩스 031)946-9796
전자우편 info@suobooks.com
홈페이지 www.suobooks.com
ISBN 979-11-93238-02-8 (03810)
책값은 뒤표지에 있습니다.